Christian Astolfi

L'œil de la perdrix

Roman

le
bruit
du
monde

À Rose-Marie,
toi qui ne m'aurais pas lu.

À Isa.

Personne ne libère personne.
Personne ne se libère tout seul.
Les êtres humains se libèrent ensemble.

Paulo Freire
La pédagogie des opprimés[1]

Tout à coup quelque chose désarçonne
l'âme dans le corps.

Pascal Quignard
Les désarçonnés[2]

1. [1968] Traduction d'Élodie Dupau et de Melenn Kerhoas, © Agone, 2021.
2. © Éditions Grasset & Fasquelle, 2012.

« Tu verras, aucun homme ne peut résister à la couleur du henné », me dit Farida. Je souris.

Je suis la danse de ses doigts au-dessus de ma tête, séparant chaque mèche du reste de ma chevelure, avant de l'enduire d'une couche épaisse depuis sa racine. De son visage, je ne vois que ses lèvres charnues, colorées de carmin, son menton rond, la courbe ample de son cou. De son corps, ses épaules pleines, sa poitrine généreuse que je lui envie tant, sous la gandoura. Tout en appliquant la pâte, elle me vante son pouvoir magique. « C'est la meilleure ! Elle vient de l'oasis de Ouargla. C'est ma belle-sœur qui me l'envoie. » Les bienfaits qu'elle va procurer à mes cheveux. « Regarde ! Ils sont tout pâles. Et ces racines blanches qui commencent à pousser sur les côtés... C'est de la mauvaise herbe. Aujourd'hui est un bon jour pour le henné. » Je lui demande pour quelle raison le vendredi en particulier. Elle me répond que c'est un jour porte-bonheur.

Comme le lundi. Que les autres jours n'attirent que le malheur.

Elle m'a installée sur une chaise de récupération, un peu de guingois, devant la porte de sa baraque. Recouvert les épaules d'un drap de bain. À un clou, sur le mur en planches, est accroché un miroir que ma tête et le haut de mon corps remplissent. Autour de nous, le bidonville s'est animé. Assises sur des bidons en plastique, des femmes bavardent, haut et fort, sans nous prêter une réelle attention. À l'écart, des enfants jouent à même la terre en la soulevant. J'essaie de ne pas bouger, de garder le dos droit, la tête relevée. C'est un bel après-midi d'automne, sans vent. Le soleil chauffe comme un vieux poêle. Nos ombres s'étalent sur le sol terreux. Celle de Farida, immense, enveloppe la mienne. Entre ses mains, j'ai la sensation d'être l'une de ces poupées que l'on apprête. Elle dit : « Il faut deux bonnes heures pour que le henné prenne. J'espère que tu n'es pas trop pressée… » Je laisse échapper un soupir de satisfaction. Fais non de la tête. Le temps s'écoule dans les cris des enfants et le flux ininterrompu des conversations auxquelles elle se mêle par intermittence. Nous buvons du thé à la menthe. Croquons des galettes de blé qu'elle a préparées. Lentement le soir nappe le jour… Farida entre dans la baraque, en ressort avec une bassine. Elle se rend au point d'eau, à quelques mètres de nous. La remplit. Revient près de moi. Me commande de me pencher au-dessus du récipient. Rince longuement et abondamment ma chevelure. Puis l'essuie, la frottant énergiquement avec le drap de bain qu'elle noue autour de ma tête à la manière d'un turban. Dit : « Tu me le rapporteras la prochaine fois… »

À mon arrivée, Paul-Dominique est devant « sa télé » – fidèle spectateur de je ne sais quelle émission qu'il suit, chaque soir, avant le repas. J'ai dénoué le drap de ma tête avant d'entrer. Il tourne légèrement le regard vers moi. Ne relève pas la nouvelle couleur de mes cheveux. La remarque-t-il même, ce soir-là ? Je ne saurais l'affirmer. Je prépare son dîner, l'appelle à passer à table. De son visage, je ne vois que sa bouche qui s'ouvre et se ferme au rythme de la nourriture qu'il engloutit, ses mâchoires qui mastiquent à n'en plus finir, ses lèvres souillées qu'il essuie, vieille manie, avec un morceau de pain qu'il avale ensuite. Le reste de son visage est plongé dans l'immobilité – ni regard ni expression qui trahissent la moindre réaction.

Même les premières années, après notre mariage, il n'a jamais été attentif à ces détails qui marquent la vie de ceux qui l'entourent. Invisibles à ses yeux, ou rendus comme tels. Non par volonté, encore moins par rejet, mais juste par insensibilité – au sens le plus physique du terme. Il ne les voyait pas. Ne les entendait pas. Pour lui, ils étaient comme la pluie qui battait à nos fenêtres, lorsqu'elle était trop forte, ou le souffle du vent qui sifflait dans les branches des arbres, sur la place, devant notre maison. De simples bruits blancs. Quand nous étions encore au village, en Corse, il rentrait dès sa journée de berger terminée – souliers crottés de terre, bonnet de laine enfoncé au ras des sourcils, traits tirés de lassitude, épaules tombantes recouvertes de fatigue. S'assoyait à la table de la cuisine, à cette place immuable où je l'ai toujours vu rouler son tabac entre ses doigts épais, adossé au mur. Il dînait de ce que j'avais préparé, ne trouvait jamais rien à redire, ni sur le goût ni sur la quantité, buvait un verre de vin coupé d'eau, puis fumait sa cigarette, debout, devant la cuisinière à charbon, et allait se coucher tôt. Je tardais souvent à le rejoindre. J'attendais bien après l'endormissement des enfants, des aiguilles à tricoter entre les mains, une pelote de laine se dévidant sous mes doigts agiles. Les nuits d'hiver, je me collais à lui. Son corps soufflait sa chaleur sur le mien. De temps en temps, il me prenait, sans brutalité. Ne me forçait jamais. Le jour où il me déflora, c'est à peine si je sentis son sexe déchirer mon hymen. Il me pénétrait, comme il vivait. Ne se préoccupant pas de ma jouissance.

Une fois, je m'étais laissé tenter par une robe violine du plus bel effet – une couleur que je n'avais jamais portée auparavant. Un vêtement de coton peigné, de demi-saison, taillé juste au-dessous du genou, soulignant mes formes discrètes, dégageant entièrement la nudité de mes bras. Une folie que je venais de m'offrir Aux Dames de France, dans ce rayon de prêt-à-porter féminin où j'avais l'habitude de me rendre pour découvrir les nouveautés, telle une enfant devant un stand de joujoux. Lorgnant les modèles présentés sur les mannequins de cire, évaluant les coupes, touchant les matières, détaillant les ornements – collerettes, surpiqûres, et autres froufrous qui embellissaient l'ensemble, m'attardant sur la qualité des attaches dorées ou nacrées qui boutonnaient ou ceinturaient le vêtement. Paraissant cette cliente attentive qui se livrait à une minutieuse auscultation avant de faire son choix. Attirant inévitablement le regard des vendeuses. Laissant venir l'une d'elles à ma rencontre – pimpante à souhait, sa démarche chaloupée, sa coiffure laquée, son maquillage sans fausse note, son petit nom inscrit sur la pochette de sa blouse rose bonbon – et me dire cette phrase que j'avais déjà entendue des dizaines de fois : « Cela ne vous coûte rien d'essayer… » Moi refusant poliment. Me trouvant dix raisons que le vêtement n'aille pas à ma taille, à ma silhouette – mes seins trop menus, mes épaules trop maigres, mes hanches trop basses, mes jambes en baguettes. Puis quittant le magasin comme on traverse un champ de ruines. Hâtant le pas, les yeux furetant le sol. Et rentrant chez moi, en proie à deux états contraires : le regret, mon vieil ennemi, et ma bonne conscience de ne pas avoir cédé à la tentation.

Ce jour-là, Nonciade m'accompagnait. Nonciade, notre unique fille, dans l'éclatante fraîcheur de ses seize ans. Nonciade, sa façon de regarder le monde avec désinvolture, son caractère trempé. À côté d'elle, je paraissais presque l'une de ces petites filles trop sages qui torturaient encore leurs nattes et fuyaient le regard des adultes. Nonciade qui m'a mis la robe violine entre les mains : « Essaie ça ! » Moi, rien qu'à voir la coupe, la couleur vive, pensais : *Non ! J'peux pas porter ça. C'est pas pour moi.* Nonciade qui insistait : « Maman, essaie-la, j'te dis. Fais-moi plaisir ! » M'entraînait jusqu'à la cabine. Refermait le rideau derrière nous. M'aidait à enfiler la robe. Passait dans mon dos pour remonter la fermeture éclair d'un geste assuré. Me prenait par les hanches. Me faisait faire un demi-tour. Mannequin à sa merci. « Alors ! Qu'est-ce que tu en dis ? » Moi muette, entre gêne et ravissement, elle, tout à son triomphe. « On est d'accord ! Elle est faite pour toi. » Rouvrait le rideau. M'attirait à l'extérieur de la cabine, mes joues écarlates – des clientes, dans le rayon, témoins du manège, une vendeuse s'approchant avec un sourire de satisfaction. Nonciade lui disant : « On la prend. » M'ordonnant : « Tu la gardes sur toi ! »

Nous étions rentrées, le pas léger des jours heureux. Dans chaque vitrine de magasin, je lorgnais le reflet de ma silhouette, le rouge du plaisir sur mon visage.

À notre retour, Paul-Dominique était déjà couché, éreinté par sa journée de travail. Nous avions dîné en tête à tête, comme deux amies intimes. J'avais gardé la robe sur moi. « Tu es belle », répétait-elle pendant notre repas. Puis nous sommes allées dans la chambre que Paul-Dominique et moi partagions avec elle. Nonciade a rejoint son lit cosy. Je l'ai embrassée. Serrée contre moi. Et j'ai tiré le grand rideau rouge qui l'isolait de notre alcôve. Paul-Dominique, endormi, reposait tel un poids lourd sur le matelas, son pantalon de pyjama serré à la ceinture, son ventre bedonnant sous son Marcel. J'ai allumé la veilleuse. Je me suis regardée un long moment dans la glace de l'armoire, tournant plusieurs fois sur moi-même, comme dans la cabine d'essayage, encore soumise aux mains de Nonciade. J'ai ôté enfin la robe. L'ai suspendue à l'intérieur du meuble, à ce cintre de bois blanc qui resterait le sien.

Il m'est arrivé de la porter, certains dimanches et jours de fête. Paul-Dominique, lui, ne m'en a jamais rien dit. Comme si elle avait toujours été là, égarée dans cette armoire.

Février 1903, commune de Belgodère, Haute-Corse. J'entre brutalement dans le monde – la date exacte de ma naissance jamais établie. Simplement arrêtée par notre maire, quelques jours plus tard, au dix-huit du mois, après observation des fontanelles de mon crâne, et examen de la peau fripée de mes mains et de mes pieds.

Depuis plusieurs semaines, le froid s'est installé. Le gel s'attarde sur les chemins jusqu'à tard dans la matinée. Il n'y aurait jamais eu autant de fractures au village que cet hiver-là. On m'a langée d'un linge de drap. Enroulée dans un châle de laine grise. Passé un bonnet trop large qui me descend jusque sur les yeux. Déposée au petit matin sur le pas de la porte d'une maison qui allait devenir la mienne. Et la femme qui y habitait, ma mère adoptive, par la force des choses. Désignée ainsi par la main innocente et anonyme qui m'a abandonnée là, quelques heures plus tôt. Contrainte bon gré, mal gré d'en accepter la charge. Comme le voulait alors la coutume dans nos villages.

Pendant presque vingt années, je n'ai rien su de mon origine. Il a fallu la perte brutale de Bernard, notre troisième fils, extirpé sans vie de mon ventre, les yeux clos, le corps mou, la tête pendante à la manière d'un supplicié dont on aurait serré le cou jusqu'à suffocation – victime d'une de ces infections dont personne autrefois ne connaissait la cause –, pour que je l'apprenne de la bouche de Vieille fille.

Celle qu'on nommait ainsi était une femme sans âge qui vivait seule, dans une cabane, à la sortie du village. Des hommes, qu'elle fuyait comme la peste, elle avait une peur bleue. Rien que leurs jurons lui faisaient pousser des hurlements de terreur – eux l'envoyaient au diable à coups de pied et de gestes obscènes. Mais de nous, les femmes, elle recherchait désespérément la compagnie. Quand nous la croisions, elle venait à notre rencontre, la démarche dégingandée, mâchonnant dans sa bouche édentée des paroles incompréhensibles, voulant à tout prix nous donner quelques piécettes tintinnabulant dans le creux de sa main, pour nous acheter un peu de notre temps, une simple attention que nous étions rares à lui accorder.

Un matin, à la sortie du cimetière où nous venons d'inhumer Bernard quelques jours auparavant, Vieille fille m'attend.

Pourquoi cette fois-là, plus qu'une autre, me laissé-je entraîner lorsqu'elle agrippe mon bras avec ce refus tenace de le lâcher, me tirant de toutes ses misérables forces pour que je la suive ? « Que me veux-tu Vieille fille ? » lui dis-je en cherchant à me dégager. Pour toute réponse, elle me conduit jusqu'à sa cabane. Une pièce unique, barricadée de bois et de mousse, avec pour toiture un entrelacs de branches d'épineux et le feuillu d'un arbre qui semble la couver.

Dès l'entrée, une odeur infecte me saisit. Un mélange de moisissure – des champignons perçant, çà et là, les parois – et de chairs mortes dont on ne sait pas très bien de quels animaux elles proviennent – certains au village l'accusent de voler, la nuit, des lapins dans les clapiers. Pour tout équipement, un poêle à bois, avec sa recharge de bûches, une table, des ustensiles divers dont j'ai encore, pour quelques-uns, le souvenir : une lampe à huile, une hachette, un petit moulin, un coutelas, un broc. Dans un coin, un matelas sur lequel sont jetées des couvertures, et à son pied, entassés, des vêtements – en majorité des guenilles – qu'elle a dû récupérer auprès des habitants du village.

Elle me relâche prudemment, m'intimant d'un geste de ne pas bouger. Guette le moindre de mes mouvements, de crainte que je ne m'enfuie. Je l'observe fouiller entre le matelas et la paroi de la cabane. Récupérer une chose qui, dans le clair-obscur de la pièce, ressemble à l'un de ces nerfs de bœuf dont on se sert pour faire avancer les bêtes, et accessoirement pour corriger les enfants. Revenue devant moi, elle me la met entre les mains. Il s'agit d'un cordon, de faible grosseur, long de la moitié d'un bras, d'aspect noirâtre. Au toucher, j'ai la sensation de la peau desséchée d'un lézard. Elle surveille ma réaction, son regard dérangé planté dans le mien. Je reste interloquée. Elle me reprend le cordon des mains, écarte du pied une écuelle, une casserole, pour faire place nette, attrape une chemise de drap parmi le tas de vêtements, l'étale sur le sol, s'allonge dessus, les jambes écartées, met le cordon devant son pubis, et tire sur lui en alternant la position de ses mains, comme si elle était en train de l'extraire de son ventre. Je comprends aussitôt.

– Le cordon d'un bébé…

Elle fait oui de la tête.

– Il y a eu un accouchement ? Ici ?

De nouveau, elle remue la tête en signe d'approbation.

– Qui a accouché ici, Vieille fille ? Qui ?

– *A to mammata.*

– Ma mère ? Ici ? Dans ta cabane ? Mais tu es folle, Vieille fille ! Qu'est-ce que tu racontes ?

Elle se redresse d'un bond. Me rattrape par la main. Me tire hors de la cabane, jusque sur la route. Désigne du doigt la direction du village voisin du nôtre, dont on aperçoit au loin le clocher.

– *Mammata hè vinuta da Occhiatana… Mammata hè vinuta da Occhiatana*, répète-t-elle avec frénésie.

Je la regarde, effarée, comme si je refusais de comprendre ce qu'elle cherche à me dire. Tourne la tête vers l'entrée de la cabane, son trou noir. Gueule ouverte d'une bête au milieu de la verdure. J'arrache ma main à son emprise. Me mets à courir, ne pensant qu'à m'enfuir. Et là, dans mon dos, crié par Vieille fille, j'entends, prononcé pour la première fois, le prénom de Nonciade.

Contrairement au précédent, l'hiver est étonnamment doux à Toulon, ce début d'année 1957. Paul-Dominique vient juste de prendre sa retraite. Il a quitté l'Arsenal maritime, l'atelier d'usinage, après plus de trente années à fraiser et à tourner du métal pour en faire des pièces mécaniques. Corps usé, esprit en friche. Arrivé au bout de sa volonté et de ses forces pour l'obtention d'une pension correcte. Sans autre envie que ce « laisser-aller » qu'il n'a jamais connu. Ses journées s'écoulent entre le boulodrome, à l'entrée du port, où les amateurs se retrouvent les après-midi, et la « baraque » aux paris hippiques, ainsi nommée par tous ceux qui la fréquentent assidûment – un simple PMU transformé en lieu de rendez-vous de tous les parieurs de la ville. Chaque matin, son rituel est immuable. Il se lève à huit heures – un réveil remonté dans sa tête. Sort acheter *Paris-Turf* au bureau de tabac, à l'angle de notre rue. Rentre le lire, tout en buvant son café au lait accompagné de trois biscottes beurrées. Là, sur la table de la cuisine, sous le fenestron où la lumière du jour lui offre la meilleure clarté, un crayon à papier à la main et une gomme à proximité, il trace les contours de ses futurs paris – les courses programmées, la forme des chevaux, celle des jockeys, les cotes annoncées, la lourdeur des terrains, la configuration des hippodromes, la météo prévue. Avant de faire ses choix : Cagnes, Deauville, Marseille-Vivaux, la deuxième course, la troisième, la dernière à obstacles, ce cheval appartenant à tel propriétaire, cette pouliche qui a gagné la semaine précédente à Enghien, ce jockey qui a participé au prix d'Amérique, cet autre qui cravache à bon escient dans le final, le 3, le 15, le 18 – son numéro fétiche – gagnant, placé, la mise de départ calculée au plus juste. Il m'arrive de l'observer du coin de l'œil, tout en m'affairant aux tâches quotidiennes – lui pris au jeu, concentré à l'extrême, notant, effaçant, rectifiant ses paris sur un petit carnet qu'il tient au secret dans sa poche. Puis, selon la saison, il décroche son manteau d'hiver ou sa veste de printemps de la patère, et part à la « baraque » s'enkyster jusqu'à la fin de la matinée, dans une salle enfumée et bruyante, tenant de la ruche et de son bourdonnement – un jour, après le marché, j'y suis entrée, hors de sa présence, par curiosité – où des dames aux ongles faits et aux mises en plis impeccables, un gilet boutonné sur leurs épaules quand le froid pique trop, assises derrière des guichets larges comme deux mains, prennent les paris pour les courses de l'après-midi. Puis il rentre déjeuner. À sa tête, je vois aussitôt s'il a gagné. Mais je ne lui pose pas de question. Il n'aime pas les questions. Ne les a jamais aimées. Elles l'ont toujours embarrassé. Il ne sait qu'en faire. Ni quoi répondre. Ensuite, il fait une sieste. Et en milieu d'après-midi, il file au boulodrome. Lui ne joue pas. Éternel spectateur. Nous n'en avons jamais parlé, mais j'en connais la raison. Il déteste être sous le regard des autres. Redoute le moindre jugement. Refuse de se prêter à celui d'une quelconque assistance, comme peut l'être ce milieu des joueurs de boules, distribuant ses bons et ses mauvais points sans discernement.

Le soir, après avoir dîné, il s'assoit devant le poste de télévision – il a fait des pieds et des mains pour que nous soyons les premiers dans le quartier à en acheter un, « quitte à se priver un peu sur le tout-venant ». Et il reste devant l'écran, jusqu'à épuisement des programmes… Que la mire de fin apparaisse, et les chasse de son fauteuil, lui et son ennui.

Depuis quelque temps, il s'est pris de passion pour une émission animalière : « La vie des animaux ». Le soir de sa diffusion, il rentre plus tôt du boulodrome. Avance l'heure de son repas. Il ne veut rater le début pour rien au monde. Quand la musique exotique du générique retentit, il se cale dans son fauteuil, et devient cet enfant captif, bouche ouverte, qui regarde défiler pour la énième fois les dessins de hibou, de marabout et de léopard, statufié comme eux par les cris de leurs congénères, en attendant que la voix de Claude Darget, le présentateur, le projette au cœur de la nature.

Je ne partage pas son intérêt pour cette nouvelle distraction. Je regarde l'écran d'un œil distrait. Le quitte rapidement. Rejoins notre chambre. Depuis le premier jour, j'ai la sensation que la télévision est entrée chez nous presque par effraction. Qu'elle cherche par tous les moyens à nous attacher à elle. Qu'elle veut nous rendre heureux malgré nous. Je lui préfère la radio – une vieille habitude prise avec Nonciade. Je mets Paris Inter sur le transistor portatif que j'ai acheté d'occasion dans une boutique du centre-ville. Je le balade d'une pièce à l'autre. J'écoute les nouvelles, les émissions musicales dont je raffole : « Travaillez en musique », « Menus plaisirs », « Jazz aux Champs-Élysées ». Au fil des années, je me suis fait une vie à moi, à renfort de petits plaisirs et de douceurs. Un morceau de chichi frégi acheté au kiosque en bas du port, en rentrant du marché. Une séance au Trianon – le cinéma du quartier où nous avions nos habitudes avec Nonciade, avant les bombardements. Une opérette au théâtre de la ville. Un après-midi au Coq hardi à écouter du swing. J'avais découvert cette musique par hasard en 1931. Deux frères manouches la jouaient ce printemps-là dans la ville basse. On les croisait souvent aux terrasses des cafés, sur les marches des « chapeaux rouges » – ces lieux où les hommes venaient rencontrer les filles de joie, la nuit tombée. L'un d'eux, Django, allait devenir une célébrité mondiale. Je n'appris qu'à sa mort, en 1953, qu'il avait une main mutilée depuis ses dix-huit ans, à la suite d'un incendie dans sa roulotte, et ne savait ni lire ni écrire – ni notes ni mots.

Et puis il y a les promenades en bord de mer, le long de la corniche, quand le beau temps s'en mêle – la température radoucie, le vent en berne, l'été pas encore là avec sa foule et ses exubérances. Cela fait une trotte depuis chez moi. Je prends le large à ma façon. Je descends sur la plage du Lido, me déchausse sur le sable granuleux, relève ma robe, et entre dans l'eau encore froide jusqu'à mi-cuisse. Comme nous le faisions, Nonciade et moi – les garçons eux déjà grands, Paul-Dominique allergique rien qu'à l'idée. Je me souviens de ce maillot une pièce, pied-de-poule, serré à la taille, découvrant mes épaules, qu'elle m'avait fait acheter. Elle m'incitait à me baigner. Je ne savais pas nager, alors je faisais semblant, brassant l'eau devant moi, éclaboussant alentour. Elle riait à me voir faire. Et je riais avec elle.

À chacune de mes sorties, je vois le bidonville, dressé sur mon chemin. Ces murs de parpaings montés sans liant. Ces tôles posées en équilibre en guise de toit. Ces planches en façade agencées à la va-vite. Ces tapisseries de carton autour des fenêtres, gonflant avec la pluie et s'arrachant avec le vent. Il m'arrive de croiser ces femmes qui y habitent. Elles ont l'attitude que j'avais, les premiers temps, après mon arrivée sur le continent, quand je cherchais à passer inaperçue. Leurs enfants, noirauds de figure, corps menus, têtes ébouriffées, vêtus à l'identique, courant à corps perdu, insouciants. Souvent, le dimanche, je les vois revenir par grappes de quatre ou cinq, les mains chargées de bois, charbon, matières plastiques, ustensiles, matériels de récupération, petits encombrants. Ouvrières d'une fourmilière se croisant sur un chemin de maraude.

Leurs hommes, eux, partent à l'aube. De ma fenêtre, dans la première lueur du jour, je les aperçois glisser le long des murs qu'ils rasent. Ils sont arrivés bien avant elles. Venus vendre leur force de travail. Dans le quartier de la Rode se répète que s'ils acceptent de vivre ainsi, au milieu de ces décombres, sur ce sol terreux collant à leurs chaussures, c'est bien parce qu'ils le veulent. Qu'ils sont là uniquement pour le salaire. Que se briser le dos et les membres le long des routes et sur les chantiers de reconstruction est leur charge, après tout. Celle que la France leur a généreusement donnée. La France qui les nourrit. La France qu'ils pourraient au moins remercier, et nous avec, les Français de métropole. Que ce serait la moindre des politesses. Mais que « merci » ne doit pas appartenir à leur vocabulaire. Qu'ils préfèrent prier, se gorger de semoule et pratiquer leurs rituels archaïques. Qu'ils ne pensent qu'à mettre de l'argent de côté pour retourner dans leur bled faire les nababs.

Paul-Dominique, lui, marque à l'égard de tout cela une égale indifférence. Nous n'en parlons jamais. Ce qui se déroule de l'autre côté de la route qui borde notre maison ne vaut pas qu'il sorte de sa réserve. Sans doute y a-t-il jeté, les premiers jours, un regard curieux. Puis il a tiré le rideau. Oubliant jusqu'à l'existence du bidonville. Ignorant ses habitants. N'ayant vis-à-vis d'eux ni crainte ni animosité. Les tenant simplement à distance de son quotidien. À l'image de la marche du monde dont il a fini par ne plus se préoccuper.

Belgodère, 10 juillet 1919. C'est un jour particulier. L'un de ces jours qui ne s'oublie pas. Une matinée d'été. Le soleil tombe sur les têtes que couvrent les chapeaux. Le mien est fait de paille tressée, avec un ruban vert qui le ceinture joliment. Je porte une robe blanche aux motifs de coquelicots. Elle m'a été prêtée par une fille du village, mariée le mois précédent. Nous avons la même taille, la même silhouette menue, le même ventre arrondi, et partageons cette adolescence que l'existence nous a déjà volée. Ma mère adoptive et son mari se tiennent derrière moi, au premier rang. Lui porte le costume du dimanche – pantalon tuyau de poêle et veste droite, un œillet blanc à la boutonnière. Il s'est rasé de frais, a mis de la brillantine sur ses cheveux. Elle a revêtu une robe d'étoffe vulgaire qu'elle a confectionnée de ses mains. Sur leur gauche, mes futurs beaux-parents rougeoient dans des vêtements trop serrés. La petite salle sent le tabac à bourrer les pipes. La cérémonie touche à sa fin. Onze heures sonnent au clocher de l'église qui nous attend. Le bois des chaises craque sous le mouvement des corps. Notre maire a déboutonné le col de sa chemise, et relâché son nœud de cravate autour de son goitre. Il ouvre un grand livre sous mes yeux. J'apprendrai plus tard qu'il s'agit du registre d'état civil. Il me tend son beau porte-plume, et me demande d'apposer ma signature en bas de la page, son gros doigt boudiné qui désigne l'emplacement. Je saisis l'instrument. Je n'en ai jamais vu de pareil – le manche aux reflets nacrés, la plume dorée et étincelante. Je le coince entre mon pouce et mon index. Je le serre si fort que j'en ai mal à la main. Je tremble, mon cœur battant à tout rompre. Je trempe la plume dans l'encrier, me penche sur le registre, cale mon avant-bras au creux de ma hanche, appuie fortement mon poignet sur la page, la plume dorée s'écrase légèrement, une minuscule goutte d'encre s'évase sur la feuille, et dans un mouvement faussement assuré, je grave le paraphe illisible de mon consentement. Puis je me redresse, raide, le corps comme violenté par des mains invisibles. Je tourne la tête vers celui qui va devenir mon mari, son sourire benoît, et lui tend le porte-plume pour qu'il signe à son tour. Tout se relâche alors en moi, d'un seul coup. Poupée de chiffons. Une larme coule sur mon visage, dont nul ne saura jamais la vérité. J'ai seize ans. J'attends mon premier enfant.

Le lendemain, je me rends dans notre chambre, après le départ de Paul-Dominique pour les pâturages.

Entrouvre la grande armoire. Me hisse péniblement sur la pointe des pieds. Attrape sur l'étagère du haut la boîte dans laquelle j'ai vu Paul-Dominique ranger le livret de famille que notre maire lui a remis. Je m'assois sur notre lit. Ouvre le document d'un geste précautionneux. En haut de la page, je m'en souviens, sont inscrits : l'année, le département, la commune et la date précise de notre mariage. Dessous : le nom de Paul-Dominique, sa date et son lieu de naissance, sa profession, le lieu de son domicile et les noms et prénoms de ses parents. Puis le mien, suivi de mon état civil de jeune fille. C'est une belle écriture faite de pleins et de déliés. Je passe mon doigt sur les lettres formées. Porte le papier à mes narines. Inhale l'odeur de l'encre qui l'a imbibé. Tourne les pages vierges que rempliront les naissances de nos fils, et celle de Nonciade. Relève un instant la tête sur une assistance imaginaire. Prends ma respiration. Et dans un unique souffle, je récite ce que j'ai appris par cœur, en le faisant répéter à trois reprises par Paul-Dominique, sans qu'il en comprenne la raison : « Département de la Corse, commune de Belgodère, dix juillet mille neuf cent dix-neuf, mariage entre Valentini Paul-Dominique, né le trente mars mille huit cent quatre-vingt-treize, à Belgodère, cultivateur, fils de Valentini Dominique et de Canioni Angèle, et Volpéi Rose-Marie, née le dix-huit février mille neuf cent trois, à Belgodère, sans profession, fille de Volpéi Bernard et de Corenzi Marguerite. »

Notre fille est arrivée moins de deux années après la révélation de Vieille fille. J'ai accouché dans des cris de douleur et de joie mêlées que nul autour de moi ne pouvait distinguer. L'accès de rire qui me prit alors, quand je vis cet être de chair et d'os posé sur mon ventre, fut interprété par les femmes du village comme celui d'une folle, ou d'une possédée, pour les plus pieuses d'entre elles. Moi seule savais le sens de cette manifestation démesurée. Moi seule connaissais l'état émotionnel dans lequel je venais de donner naissance à Nonciade.

Je n'y croyais plus. Je pensais que Paul-Dominique ne pouvait me faire que des garçons. Que c'était une malédiction jetée par les langues de vipères du village. Après la mort prématurée de Bernard, quelque chose s'était refermé en moi, le chemin interrompu. Comme une envie épuisée. Une source tarie. J'étais partagée entre le désir d'une nouvelle grossesse et la crainte de rejeter encore un corps sans vie – celui du seul être que je rêvais d'avoir, et dont le prénom était déjà gravé dans ma tête.

Quand je suis tombée enceinte, j'ai entretenu ce rêve. Chaque jour, je le caressais. M'endormais et me réveillais avec lui. Pensais à lui, ma main sur l'arrondi de mon ventre. Mille fois, j'ai imaginé la forme qu'il prendrait, le visage qui serait le sien, les yeux qu'il aurait. Et quand j'ai senti la première contraction, l'urgence que le corps dicte dans ces cas-là, vu ce liquide, que je connaissais bien, couler sur mes cuisses, je suis tombée à genoux, et j'ai prié.

J'étais seule à la maison ce jour de printemps – les enfants à l'école du village, Paul-Dominique avec les bêtes. Je n'avais rien changé à mes tâches habituelles. Tout juste, depuis quelques semaines, avais-je réglé mon pas sur l'évolution de mon état. J'ai appelé Mme Zerlini, notre voisine. Je lui ai crié que je perdais les eaux. Elle a accouru avec une cuvette et du linge propre. J'ai soulevé ma robe, déchiré la culotte qui me serrait le ventre. Elle est passée dans mon dos, ses bras autour de ma poitrine pour me soutenir. Je me suis accroupie, les jambes écartées, j'ai réglé la cadence de ma respiration, et soufflé, bouche grande ouverte, soutenant à chaque fois le même effort continu, la sueur au front, répétant les poussées jusqu'à ce qu'elle apparaisse enfin, à la sortie de mon sexe dilaté. Ses membres délicats, sa peau intacte, son visage sans souffrance, ses paupières encore fermées, son sexe finement fendu, tout était comme je l'avais rêvé. J'ai eu l'impression que je mettais au monde pour la première fois. Que mes accouchements précédents n'étaient que des colis déposés dans l'univers clos des hommes – poste restante.

Ce matin-là, je rentre du marché qui se tient chaque jour sur le grand cours, coupant la ville en deux. Mars a douché ces derniers jours. J'ai emprunté la route caillouteuse, glissante par endroits, qui longe le bidonville. Dépassé les derniers baraquements. Pris ce raccourci qui débouche à l'autre bout de la rue du Pont où est notre maison, au numéro 3. Il me faut pour cela gravir un petit talus herbeux, puis le redescendre sur l'autre flanc. Et comme il peut arriver parfois, par la force de l'habitude, je pose imprudemment mon pied en porte-à-faux, et me retrouve à terre en moins de temps qu'il n'en faut pour le dire. Un moment, je reste un peu penaude, surprise par ma maladresse. J'époussette le bas de mon vêtement. Ausculte mes paumes égratignées. Puis la torsion qu'a subie ma cheville me rappelle à sa réalité – sa douleur vive. Je tâte doucement la malléole qui a souffert. Découvre un léger renflement sur sa partie externe.

– Tu t'es fait mal ?

Je tourne la tête, lève les yeux, une main en visière pour les protéger du soleil. J'aperçois un visage de femme, un foulard qui le ceinture, un corps vêtu d'une longue tunique le couvrant jusqu'aux pieds.

– Je me suis tordu la cheville.

J'essaie de me redresser.

– Attends ! Je vais t'aider...

Je saisis la main tendue. Me relève tant bien que mal.

– Tu peux marcher ?

– Je crois.

– T'habites loin ?

– Juste au bout du chemin.

– Je vais te raccompagner...

Ma bienfaitrice ramasse mes courses qui ont versé dans la pente. Les remet dans le cabas. Me propose son bras.

– On va rentrer doucement...

Tout le temps de notre court trajet, je n'ose lui jeter le moindre regard. Je ne vois que le bas de son vêtement chamarré qui balance au rythme de ses pas – son éclat vert olive, le soyeux du tissu, les surpiqûres brodées qui scintillent sous la lumière. Son corps frotte de temps en temps contre le mien. Je peine à avancer. La douleur ralentit ma marche. Je m'appuie sur son bras. Un instant, je revois l'ovale de son visage. Persuadée d'avoir déjà croisé cette femme – chez un commerçant, ou dans la rue. Bien sûr, je pourrais la confondre avec une autre. Il y a alors répandue parmi nous, qui vivons à l'extérieur du bidonville, cette impression que toutes les femmes maghrébines se ressemblent – la même tête ronde aux joues pleines et aux lèvres épaisses, la même corpulence.

Longtemps, je nourrirais vis-à-vis de Farida un sentiment de honte. L'idée même d'avoir pu partager, un temps, avec famille, voisins, ou autres connaissances, ce racisme ordinaire, me minait.

Un jour, j'ai voulu en parler avec elle. Elle m'a arrêtée d'un mot : « Pas de ça entre nous. Regarde devant toi, Rose. Juste devant toi. » Pris mes mains dans les siennes, comme elle le faisait parfois, et je suis restée suspendue à ses yeux noirs.

En arrivant chez moi, elle pose mon cabas sur la table de la cuisine. M'aide à m'asseoir. Je la regarde enfin dans les yeux, gênée d'avoir autant tardé à lui exprimer ma reconnaissance. Remarque ce symbole qui tatoue son front.

– Sans vous, ç'aurait été plus difficile pour rentrer.

– Comment te sens-tu ?

– Je crois que je me suis fait une entorse...

– Tu as quelque chose pour mettre dessus ?

Je désigne le vaisselier dans son dos.

– En haut, dans le placard de droite, il doit y avoir du synthol, et une bandelette.

Elle récupère le flacon, le rouleau de tissu. Prend une chaise. S'assoit en face de moi.

– Pose ton pied sur ma cuisse.

Perçoit ma réticence.

– N'aie pas peur !

Elle ouvre le flacon. L'odeur de l'alcool envahit mes narines. Verse un peu de liquide dans le creux de ses mains. Les applique sur ma peau. Commence à me masser. Je frissonne.

– C'est froid ?

– Ça va.

J'observe un moment ses mains qui s'enroulent autour de ma cheville. Je ferme les yeux. Me laisse pénétrer par leur mouvement lent et doux. Au fur et à mesure, la douleur s'atténue. Comme si elle disparaissait peu à peu entre ses doigts. Je ne sais pas combien de temps cela dure… Quand je rouvre les yeux, elle est en train de bander ma cheville. Elle serre le tissu avec fermeté. Le fixe grâce à l'épingle à nourrice que j'y laisse toujours piquée. Puis soulève ma jambe et la repose délicatement en appui sur le sol.

– Je dois rentrer. Essaie de marcher le moins possible… Tu as de l'argile chez toi ?

– De l'argile ? Non.

– Je t'en rapporte demain. Rien ne vaut un cataplasme d'argile pour les entorses.

Le lendemain, je ne suis pas sortie, ma cheville encore trop douloureuse. J'ai aussi renoncé à cette heure que je passais sur la placette en face de chez nous, après le déjeuner, les après-midi ensoleillés. Là, assise sur un des bancs, je feuilletais *Marie Claire*. Je l'achetais, chaque mois, au kiosque du marché. Je lisais les gros titres, et ceux des pages intérieures. Déchiffrais comme je le pouvais les articles. M'appliquais à en comprendre le sujet grâce aux illustrations. Tirais immanquablement le fil du souvenir... Quand Nonciade m'en faisait la lecture, juste avant la guerre, la ponctuant et la commentant avec théâtralité.

J'occupais mes mains comme je le pouvais. Je rangeais. Époussetais meubles et objets. Déplaçais chaises et tabourets. Ouvrais placards et tiroirs. M'agitais, malgré ma cheville blessée. Écartais, de temps en temps, le rideau de la fenêtre de la cuisine, pour jeter un coup d'œil dans la rue... J'avais préparé un gâteau à la fleur d'oranger. Fait du thé pour la première fois depuis bien longtemps – j'en avais retrouvé une vieille boîte au fond d'un placard, sans savoir s'il avait encore de l'arôme.

Je n'avais qu'une crainte : rater la venue de ma bienfaitrice. Passer à côté de sa promesse de prolonger le soin. Bien sûr, tout cela était irrationnel. Comment aurais-je pu manquer son arrivée, puisque je ne bougeais pas de chez moi ? Mais je ne pouvais m'empêcher d'attendre, dans la fébrilité, que cet événement survienne. Et priais pour qu'il ne se noie pas dans la banalité du jour, détourné par je ne sais quel hasard qui aurait pu au dernier moment m'en priver.

Quand Farida a sonné à ma porte, j'ai sursauté, ma surveillance relâchée à force de me tordre le cou pour apercevoir de ma fenêtre le bout de la rue d'où elle était censée arriver. Elle est entrée, s'excusant d'emblée du temps limité qu'elle pourrait me consacrer. Elle m'a montré un petit paquet. « Elle vient de chez moi », a-t-elle dit. Dans un réflexe idiot, j'ai eu la même attitude distante. Comme si je n'étais qu'une patiente dans les mains d'une infirmière qui s'acquitterait de sa tâche journalière de soins, avant de repartir aussitôt celle-ci accomplie. Je lui ai confié une bassine. Elle a préparé un bain de boue. Dénoué la bande qui maintenait ma cheville. Moulé l'argile tout autour, du même geste enveloppant que la veille. Puis refait mon bandage. « Garde-le jusqu'à ce soir… », a-t-elle dit. Puis je l'ai regardée repartir, sans lever le petit doigt ni dire un mot. Frustrée à la manière d'une enfant qui a tant attendu – mon gâteau à la fleur d'oranger et mon thé sur les bras.

À peine guérie, je me suis mise en quête de la retrouver. Revenant du marché chaque jour par la route qui longeait le bidonville. Passant au plus près des baraquements. Lorgnant les façades de parpaings et de bois. M'attendant à tout instant à ce qu'elle apparaisse à travers les interstices. Je me disais que je finirais par tomber sur elle. Que si le hasard nous avait mises en présence une première fois, il n'y avait pas de raison que, le provoquant, il ne m'offre pas une seconde chance, le quartier, après tout, n'était pas si étendu.

Il ne me fit pas patienter bien longtemps. Une semaine plus tard, je la reconnus de dos, devant l'étal d'un marchand de fruits et légumes – elle, vêtue à l'identique, pareille au jour de mon accident. Elle parut surprise de me voir. Gênée ? Bêtement, je me suis adressée à elle à voix haute, prise par un enthousiasme que je n'avais pu contrôler. Des clientes se sont retournées vers nous, nous dévisageant. Je connaissais ce sentiment désagréable pour l'avoir ressenti plus qu'à mon tour – j'ai toujours détesté qu'on m'interpelle en public. Je m'en suis excusée aussitôt auprès d'elle.

– Comment va ta cheville ? a-t-elle dit.

J'ai effacé le problème d'un geste de la main.

– Oh ! Ce n'est plus qu'un mauvais souvenir.

Comme moi, elle avait fini son marché. Presque naturellement, nous avons pris le chemin du retour ensemble, tout en parlant épices et primeurs, comparant les produits des revendeuses à ceux des paysannes, de bien meilleure qualité, mais souvent beaucoup trop chers pour nos bourses. Puis nous nous sommes quittées devant l'entrée du bidonville, en nous souhaitant mutuellement une bonne fin de journée.

Nos rencontres allaient se répéter ainsi pendant quelque temps. Sans rendez-vous précis. Sans aucune promesse. Au gré des situations – devant les étalages ou dans les boutiques des commerçants où nous avions l'habitude de nous rendre. Chez le marchand de tissus de la rue Alezard où je faisais toujours un tour. Chez le vendeur d'épices de la rue des Riaux qu'elle fréquentait. Ou celui de chichi frégi ou de cade où elle avait remarqué que je m'arrêtais, par gourmandise.

Aucune de nous deux n'était dupe. Il n'y avait plus de hasard, d'accident, ni de surprise. Nous étions, chacune à notre façon, à la recherche de l'autre. Prêtes à créer les circonstances favorables qui nous mettraient, à un moment ou à un autre, en présence. Sans pour autant le montrer. Simplement en espérant.

À cette époque, nos deux fils avaient quitté le domicile familial depuis longtemps. L'aîné, François, un peu après la Libération. Le cadet, Camille, quelques années plus tard.

Si on avait pu les prendre pour des jumeaux dans l'enfance, il n'y avait pas d'êtres plus dissemblables qu'eux. De caractères aussi éloignés l'un de l'autre. François, fidèle, d'une rigueur inébranlable, tranché dans ses prises de position, presque docte, en harmonie avec la parole du père, blazer et col boutonné. Camille, lui, versatile, frivole, hâbleur, cœur d'artichaut, changeant d'avis comme de chemise, décontracté et provocateur. « Rien qu'un m'as-tu-vu », disait de lui Paul-Dominique.

Leurs départs de la maison ont été à leur image.

François, d'abord, dans l'ordre des choses. En temps voulu. Il avait assuré, des années durant, sa part de soutien de famille. Rapporté une partie de sa paie sans sourciller pour faire bouillir la marmite. Il fréquentait

Suzette, vendeuse chez Priséco – la grande surface pour les petites bourses. Une boulotte aux yeux pétillants, mais sans grande malice, autant à cheval que lui sur les principes. Il l'amenait le dimanche à midi et les jours de fête à la maison. Un jour, ils nous avaient annoncé qu'ils se mettaient en ménage. Ils avaient économisé, ajouté un petit crédit, pour acheter un lopin de terre à la sortie de la ville. Avaient retroussé leurs manches pour bâtir ce qui n'était au départ qu'un cabanon, et allait devenir une maison en dur. Paul-Dominique était aux anges. Il leur donnait un coup de main chaque fois qu'il le pouvait – sa fierté non dissimulée. « Mon fils va avoir une villa », répétait-il à qui voulait l'entendre. Cela dépassait de loin tout ce que lui aurait osé entreprendre. Au grand jamais il n'aurait pris le risque de nous endetter pour devenir propriétaire. Il avait trop peur de manquer. De ne pas arriver à la fin du mois. Les privations de nos premières années, au village, celles de la guerre par la suite, l'avaient rendu craintif. Enfant battu qui continuerait de se protéger de coups invisibles. Vivre à crédit aurait été pour lui vivre sous oxygène. L'atmosphère à la maison aurait été irrespirable. Il m'aurait fait une vie des diables. Aurait tourné en rond, chaque soir, autour du pot de terre où je mettais la quinzaine – les coupures à compter et à recompter à en devenir fou. Je n'avais pas eu envie de cela. J'avais préféré le laisser faire – jusqu'à son dernier souffle. J'avais besoin d'être en paix. Avec lui. Avec moi-même.

Camille, à l'inverse, partit dans la précipitation. Comme on claque une porte derrière soi. Sans se retourner.

Il était venu dîner, ce soir-là, voulant tenir tant bien que mal un rôle de fils auquel il ne croyait plus. Au milieu du repas, il nous avait annoncé qu'il avait démissionné de la place qu'il occupait depuis à peine deux mois, pour se faire embaucher dans une boîte qui fabriquait des pièces pour avions, près de Mulhouse. Le visage de Paul-Dominique avait viré de couleur, les lèvres fermées. Il avait levé les yeux de son assiette de soupe, sa cuillère en suspension entre ses doigts.

– Ça valait bien la peine que je me casse la tête pour te faire entrer à l'Arsenal.

Assis en face de lui, Camille ne s'était pas démonté, le défiant du regard.

– Alors ! Parce que tu m'as fait avoir ce boulot, rien ne doit bouger. C'est à vie ! Je prends perpète !

– Tout de suite tu exagères !

– C'est pourtant ce que tu as l'air de dire.

– Non, c'est pas ça.

– C'est quoi, alors ?

Paul-Dominique avait légèrement vacillé, une main crispée sur la table.

– Mulhouse. Tu pouvais pas trouver plus près ?

– On choisit pas toujours où on va quand on part.

Paul-Dominique avait tenté un trait d'humour qui ne lui ressemblait pas.

– Y paraît qu'il fait toujours gris dans ce coin, et un froid de canard. Ça va te changer !

– Parce que tu la connais la région, toi ?

Il avait encaissé, avant d'ajouter :

– Non. Mais j'ai des copains qui ont fait leur service militaire dans la Forêt-Noire, à la frontière, et qui m'en ont parlé.

– Dans ce cas !

Paul-Dominique s'était redressé, étiré sur sa chaise. Cherchant une respiration. Sentant sa colère monter.

– Et c'est quoi le boulot que tu as trouvé, là-haut ? Ils ont besoin d'outilleurs ?

– Je vais travailler au bureau des méthodes.

– Dans les bureaux ? Avec les cols blancs ?

Camille avait soudain haussé le ton.

– C'est mal ?

– C'est pas ce que j'ai dit.

– C'est jamais ce que tu dis, mais tu le dis. Tu le dis pas comme ça. Pas directement. Mais tu le dis.

Paul-Dominique avait levé la main, en signe d'apaisement.

– D'accord, si tu veux. Et tu vas faire quoi au bureau des méthodes ?

– Chronométreur.

– Chronométreur ?

Paul-Dominique avait avalé sa salive. J'avais vu son teint blanchir. Pensé qu'il ne pourrait plus longtemps se retenir, le vase à ras bord qui ne demandait qu'à verser.

– C'est pour ça que tu quittes ta place, et que tu te tires de l'autre côté de la France ? Pour te planter derrière le pauvre type qui se lève le maffre toute la journée devant sa machine-outil. Pour mesurer le temps qu'il met pour faire son boulot. C'est ça que tu vas faire ! Emmerder ceux qui bossent, en faisant le larbin pour une direction qui veut avoir les yeux partout. Tu sais comme on les appelle chez nous, ces types-là ?

Camille avait éclaté.

– Je me fous de comment on les appelle. Eh ben ouais ! Je vais pas te contredire, ni chercher à t'enlever de la tête tes a priori. Je vais fliquer des ouvriers et fricoter avec les cols blancs. Ça te va ? T'es content ? De toute façon, quoi que je dise et que je fasse, tu trouveras toujours à redire. Alors là, je vais te laisser mijoter dans ton jus. Parce que tu vois, j'ai pas envie de poursuivre cette conversation avec toi. Et puis, j'ai plus envie de poursuivre aucune conversation avec toi, si tu veux savoir. J'ai juste envie de foutre le camp de cette baraque, et ne plus voir ta gueule.

Il s'était levé, son repas laissé en plan. Avait décroché sa veste de la patère.

– Excuse-moi m'man ! Mais je peux plus.

Et quitté la maison – ses pas dévalant la descente d'escalier.

Des nouvelles de lui, nous n'en avions plus eu. On avait juste appris, un mois plus tard, par François, qu'il avait quitté Toulon – une carte postée de Lorraine qui disait qu'il se faisait au climat, sans rien préciser d'autre sur sa vie là-haut.

Les premiers mois, Farida refusait que je pénètre dans le bidonville. Elle s'en défendait maladroitement : « Il n'y a rien de bon pour toi là-dedans ». Écartait toute discussion. Comme si elle voulait me préserver de je ne sais quelle maladie transmissible. Je me pliais à sa volonté. Pensais qu'elle m'ouvrirait sa porte quand elle le voudrait. Que ce serait toujours assez tôt. Parfois, j'apercevais de loin ses enfants, de retour de l'école – elle me les avait présentés, un matin que nous étions tombées nez à nez avec eux – filant droit sous la houlette de l'aîné, Mohamed, gardien vigilant du comportement agité de Medhi, le cadet, et tenant par la main Layla, la plus jeune, reinette sautillante dans sa robe verte. J'esquissais un geste de la main dans leur direction. Prenais soin de ne jamais les importuner.

En dehors des jours de marché où nous pouvions nous croiser, nous avions décidé de nous retrouver une fois par semaine, le lundi, à la première heure de l'après-midi – notre premier rendez-vous avait suffi à ritualiser le moment, sans besoin d'une parole. Au jour et à l'heure dits se répétait la même scène. Je débouchais au coin de la route qui conduisait au bidonville, le pas alerte, la mine enjouée. Farida, elle, m'attendait, après le dernier baraquement, logée dans une niche que le mur, détruit à cet endroit, avait creusée, ses mains jointes sur ce sac en cuir qu'elle baladait partout. Madone figée dans sa cavité de pierre.

Au début, je la grondais gentiment. Elle n'avait pas besoin de venir si longtemps à l'avance. « Je préfère t'attendre là », répétait-elle. Ni la pluie ni le froid ne l'incitaient à déroger à sa règle, et à rester à l'abri – têtue comme une mule. J'ai fini par ne plus lui opposer de protestation.

L'apercevant, je lui adressais un signe de la main, qu'elle me rendait. Pressais le pas pour la rejoindre. Son sourire s'élargissait au fur et à mesure que j'approchais, le mien dessiné depuis le matin à l'idée de la retrouver. Brassée d'air frais. Fenêtre ouverte sur un champ de tournesols. Rien que d'y penser, je faisais, dès le lever, des petits sauts de joie – aurais-je eu la souplesse d'antan que j'y serais allée à cloche-pied. En attendant, j'occupais les heures comme je pouvais, en les regardant tourner à notre pendule. M'affairais dans la maison. Préparais le repas de Paul-Dominique pour son retour de « la baraque ». Mangeais sur le pouce après lui. M'apprêtais un peu plus longuement devant la coiffeuse, dans la chambre. Puis, quand Paul-Dominique allait faire sa sieste, je mettais ma veste de laine, et sortais de la maison d'un pas allègre – Trenet chantait dans ma tête : « Y'a d'la joie ». Patachou : « J'ai rendez-vous avec vous ».

Farida s'avançait de quelques pas à ma rencontre. Je lui donnais le bras, et nous nous mettions en route. Prenions la direction du centre. Destination le jardin de la ville, à l'opposé de notre quartier, tout au bout du grand boulevard. Si le temps le permettait, nous passions là l'après-midi, à l'abri d'un bosquet qui nous protégeait du vent.

Le lundi était le jour le moins fréquenté de la semaine – les mères affairées à leurs courses, les cris des enfants relégués dans la cour de l'école communale toute proche. Seuls quelques habitués entrés dans le grand âge paraissaient tenir un siège, sur les bancs avoisinants. Ils ressemblaient aux pigeons traînant à nos pieds, piaillant et battant des bras pour accompagner leurs propos décousus. Les premiers temps, intrigués par notre duo, ils nous regardaient en chien de faïence. Puis peu à peu, ne rencontrant de notre part qu'une indifférence, ils avaient fini par se faire à notre présence. Quelques-uns nous saluaient d'un signe de la tête, ou d'un timide bonjour poussé du bout des lèvres, que nous leur rendions. Là, dans ce moment que nous éternisions selon nos volontés et nos charges personnelles, nous parlions de choses et d'autres. Des légumes et des fruits de saison. Du poisson beaucoup trop cher pour la bourse de Farida. De la viande de mouton qu'elle s'inquiétait de devoir trouver en prévision de l'Aïd-el-kébir. Des plats que nous nous promettions de nous faire goûter : la chorba qu'elle préparait, disait-elle, divinement bien, la daube que je prétendais cuisiner comme personne. De la qualité des tissus que vendait le marchand à l'entrée du cours Lafayette. Du fripier qu'elle fréquentait, rue du Canon. De nos époux, un peu… Rachid, seul à rapporter de quoi nourrir la famille, regrettait Farida – le marteau-piqueur entre les mains à longueur de journée, ses bras perclus de douleurs, ses silences le soir après le travail. Paul-Dominique, un peu perdu depuis qu'il avait arrêté l'Arsenal, réfugié dans ses paris hippiques comme dans un monde parallèle. De nos enfants, plus souvent… Des siens, surtout. Leur difficile acclimatation, la langue française sur laquelle ils butaient, l'école dont elle attendait tout. Des miens dont je n'avais plus grand-chose à dire, leurs départs déjà de l'histoire ancienne. François occupé avec sa Suzette, passant en coup de vent une fois par mois. Camille dont je n'avais plus de nouvelles depuis des lustres. Nonciade dont je lui avais laissé entendre la disparition, sans lui donner de détails. Mais de nous, de nos vies intimes, nous ne parlions pas. Sorte d'accord tacite. Nous étions encore en observation. À jauger nos attitudes. À évaluer nos façons d'être, de nous tenir. À guetter les expressions sur nos visages, nos gestes au détour de la conversation, les modulations de nos intonations. Nous prenions l'une à l'égard de l'autre mille précautions. Nos paroles retenues dans nos bouches, de crainte de heurter ce que nous percevions de nos sensibilités respectives. Les sujets dont nous pensions qu'ils pourraient déranger l'autre, esquivés. Je n'évoquais jamais le bidonville, la vie précaire qu'il imposait aux siens. Ni son exil d'Algérie. Je savais simplement qu'elle était arrivée avec ses trois enfants, deux ans après Rachid, son mari. Elle ne me demandait rien de ma vie passée, en Corse, des raisons de notre départ sur le continent.

En fin d'après-midi, avant que le soir ne tombe, nous reprenions le chemin en sens inverse – le boulevard nourri de circulation, les trottoirs de chalands, et de ceux et celles qui quittent le travail, le pas rapide, histoire d'en finir avec leur journée. Nous marchions bras dessus, bras dessous. De temps en temps, on nous dévisageait. Image volée qui étonne ou dérange. Nous n'en faisions pas cas. Au contraire, je serrais plus fort le bras de Farida. Elle me souriait, et tout son visage s'en mêlait – ses yeux sombres et lumineux, ses pommettes saillantes, ses lèvres ourlées, son tatouage sur le front.

La nuit qui suivait, je restais longtemps éveillée, les yeux écarquillés dans le noir de la chambre. Mes lèvres remuaient, mes mains s'animaient, poursuivant silencieusement la discussion avec Farida. Je pensais à ce que je lui dirais le lundi suivant, et que je ne lui avais pas encore dit. À ce que je lui raconterais que je ne lui avais pas raconté. Ou, qui sait, à ce que je lui révélerais. J'imaginais ses réactions... Son étonnement à tel sujet, son intérêt pour tel autre, ce rire de bon cœur qui la prenait parfois, à propos d'une bêtise. J'échafaudais ce que serait notre futur rendez-vous... Le temps qu'il ferait. Celui que nous prendrions. Quitterions-nous plus tôt le jardin ? Lui proposerais-je de boire un thé ou un chocolat au Météor, la brasserie sur la place de la Liberté où je savais qu'elle n'osait jamais entrer seule ? Ou bien nous arrêterions-nous acheter un morceau de cade en haut du grand cours, goûter cette galette de farine de pois chiche dont je lui parlais ? Mais peut-être était-ce elle qui m'étonnerait ? Peut-être aurait-elle imaginé, de son côté, une surprise à laquelle je ne m'attendrais pas ? Je me faisais les questions et les réponses. Cela me tenait des heures, parfois jusqu'aux premières lueurs de l'aube. Je me levais bien avant Paul-Dominique, pour me préparer un café, voir la lumière du soleil apparaître. Vieille camarade. Malgré ce sommeil qui ne venait jamais, je ne ressentais aucune fatigue. Je repartais de plus belle, pour une nouvelle semaine, animée d'une envie qui ne faiblissait pas. Cochant les jours sur ce calendrier des postes, acheté chaque année au facteur en guise d'étrennes – le lundi à venir comme unique horizon.

Bastia, octobre 1924. C'est la nuit tombée. L'horizon n'est plus qu'une ligne noire. J'entends le bruit caractéristique des flots cognant contre la coque du navire qui va nous emporter. Sa cheminée crache une fumée âcre qui me soulève le cœur. Nous piétinons au milieu d'autres familles qui embarquent comme nous pour le continent. Paul-Dominique n'a pas dit un mot depuis de longues minutes. François et Camille se serrent contre moi, pris par le froid. Nonciade dans mes bras, âgée d'à peine six mois, va d'endormissements en régurgitations. Autour de nous, les femmes ont l'air que je dois avoir. Manteaux de laine grise et fichus sur la tête, leurs enfants accrochés à leurs vêtements. Sur la passerelle, des hommes d'équipage nous guident – qui vers l'avant, qui vers l'arrière, qui vers le pont inférieur, ou le supérieur. Nous suivons un moment des coursives mal éclairées. Montons et descendons péniblement des échelles. Partout des passagers cherchent un abri pour la nuit. Des éclats de voix cinglent de-ci de-là. Quelques disputes sporadiques éclatent, sans conséquences. Nous gagnons enfin une place suffisante où nous asseoir, adossés à une chaloupe de sauvetage. Un matelot nous remet des couvertures. « En mer, le vent va souffler », répète-t-il à chacun. J'enveloppe Nonciade dans l'une d'elles. Les garçons se collent l'un à l'autre pour se tenir chaud. Paul-Dominique dresse devant nous un barrage de nos valises et sacs de voyage – son visage traversé d'inquiétude. Tout me paraît encore irréel.

Tôt le matin, le jour à peine levé, nous avons quitté notre maison, chargés comme des mules. Pris la route, le train pour Bastia, entassés dans un wagon, assis sur nos bagages. Vu défiler le paysage en bord de mer, notre village déjà loin, là-haut dans le maquis, la porte refermée sur cette vie que nous avons décidé de laisser derrière nous.

Quelques semaines plus tôt, Paul-Dominique était rentré du travail, sa journée achevée. J'étais en train de raccommoder un pantalon, assise au coin du fourneau. J'avais senti qu'il avait quelque chose d'important à me dire. Mais j'avais simplement relevé les yeux un instant, avant de poursuivre mon ouvrage. Attendu qu'il choisisse le moment. Il avait avalé la soupe que je lui avais préparée, remué la tête, avant de dire : « Je vends le troupeau. Ange m'en propose mille francs. C'est suffisant pour qu'on parte. » Je n'avais pas répondu. Je connaissais trop son inquiétude de ne pas arriver à nourrir les siens. Elle lui rongeait le cerveau depuis quelque temps. Au point que j'avais plus l'impression d'habiter avec elle que de vivre avec lui. Je lui avais pris la main, serrée dans la mienne à en avoir mal.

Une sirène nous annonce le départ. Je sursaute. Instinctivement, je presse Nonciade contre moi. Prends véritablement conscience que je vais quitter l'île qui m'a vue naître et grandir. Je ne sais pas si je la reverrai un jour. Me traverse alors ce sentiment contradictoire, l'espoir d'une vie meilleure et la douleur du départ. Je pense qu'avant de partir, je n'ai pas revu ma mère adoptive. Je ne lui en veux pas. Je sais qu'elle a fait pour moi ce que lui a dicté son devoir. Même si son cœur, lui, ne me voulait pas. Le mien, pour elle, n'a jamais vraiment battu. Il est resté sec. Tôt ou tard, son visage finira par se glacer dans ma mémoire. Je sais les mots que j'aurais voulu lui dire, cette lettre que j'aurais pu lui faire porter si j'avais su l'écrire. Ils sont restés enfouis en moi, comme les siens en elle, depuis le premier jour. J'ai lu dans ses yeux qu'elle sait que je sais. L'unique fois où j'ai parlé devant elle de Vieille fille, son regard s'est détourné vers un coin de la grande pièce de notre maison, comme pris en otage par sa conscience.

Tantôt, notre bateau s'est immobilisé. Les mouvements de tangage et de roulis ont eu raison de ma fatigue. J'ai dû finir par m'endormir. Nonciade a vomi sur mes vêtements. J'ai les bras sciés à force de la maintenir dans un confort précaire, les jambes engourdies par le froid et l'immobilité. À côté de moi, les garçons semblent chloroformés par la traversée. J'ai l'impression d'avoir voyagé de l'autre côté du monde. J'observe Paul-Dominique rassembler nos bagages. Nous nous mettons en route tels des automates. Débarquons tant bien que mal au milieu d'une colonne de fatigue qui enfle au fur et à mesure que les coursives se vident. Valises et sacs descendent à bras et à dos. S'entassent sur le quai.

Chaque famille se regroupe pour décider du chemin à suivre. Pareille à une mauvaise troupe après une campagne éprouvante. François bâille à se décrocher la mâchoire. Camille ne cesse de se frotter les yeux. Paul-Dominique dit : « On a fait la traversée sur le *Général Bonaparte* », en nous montrant du doigt le nom de notre bateau. J'entends ce nom pour la première fois de ma vie. J'apprendrai plus tard qu'il s'agit d'un personnage important de l'histoire de France. Son effigie, elle, m'apparaîtra au milieu des années 1950 sur ces billets de dix mille anciens francs qui composeront alors l'essentiel du salaire à la quinzaine de Paul-Dominique, juste avant son départ à la retraite.

Combien sommes-nous de familles du village, ce matin-là, à débarquer à Toulon ? J'aperçois les

Guidicelli, leur fratrie plus importante que la nôtre, le père plus âgé que Paul-Dominique, la mère dont je voyais déjà les cals sur les mains lorsque je la croisais au lavoir, la grand-mère, boule noire et cheveux gris. Derrière eux, les Orsini, leurs cinq enfants dispersés autour d'eux, la mère qui attend, les mains croisées sur son ventre, le père qui rameute tout son monde comme on siffle les bêtes. Plus loin, les Colombani, le père, gueule cassée à la Grande Guerre, elle de deux ans plus jeune que moi, enceinte jusqu'aux yeux. Et d'autres encore, perdus de vue... Les Casanova, les Ambrosini. Les Leoni aussi, fils et filles d'Occhiatana. Je me demande combien suivront dans les prochains mois. Combien nous ont précédés. Nous nous ressemblons tous. Nos mines de six pieds de long, nos habits trop larges portés sur nos épaules. Nous nous observons de loin, les uns les autres, tels des animaux curieux, essayant d'imaginer lesquels d'entre nous seront les plus armés pour affronter cette nouvelle vie. Réaliser ce projet dont nous parlions, parfois, lors des veillées, dans nos villages. Et qui désormais nous sépare – chacun pour soi, à l'épreuve de la réalité.

Le soleil se lève à peine. L'air vif gifle mon visage, et me sort de ma torpeur. J'avance en tirant une valise trop lourde pour moi – Nonciade dans le creux de mon bras. Peu à peu, nous quittons le port – sa rade piquée de scintillements, sa barre d'immeubles faisant fronton, qui s'écroulera la première sous les bombes en 1942.

Coupons une large avenue où commence à s'installer un marché aux fruits et légumes qui deviendra assez tôt mon terrain favori. Remontons par les ruelles de la ville basse, suivons ce chemin qu'on nous a indiqué pour rejoindre le grand boulevard. On se retourne sur nous comme si nous arrivions de la lune. Je lève les yeux vers des fenêtres closes. Je sens qu'on nous épie derrière les rideaux tirés – quarante ans plus tard, ils seront nombreux à faire la même chose quand les Français d'Algérie débarqueront.

Paul-Dominique nous a trouvé une habitation au nord de la ville, par l'intermédiaire d'un bailleur qui s'occupe de l'installation des familles corses arrivant sur le continent. Le quartier porte un joli nom : Vert Coteau, au pied d'un grand massif dressé comme une bête rocheuse au-dessus de nos têtes. Le logement : deux pièces à l'étage d'une vieille maison qui en compte trois. Une première donnant sur le palier, servant de cuisine et de salle à manger. Une seconde plus vaste pour nous permettre d'y coucher tous. Les toilettes au rez-de-chaussée, derrière une porte portant le nom de « cabinets », grossièrement peint, obligeant au quotidien à descendre vider le seau dans lequel nous faisons nos besoins.

Jusqu'à notre départ de Vert Coteau, cette tâche restera la mienne. Je ne laisserai aucun autre membre de notre famille l'accomplir à ma place. Je réglerai mes montées et descentes sur celles de nos voisins pour éviter de les croiser. La nuit tombée, les bruits de la maison évanouis, son petit monde presque endormi, j'attendrai sur le palier, dans la pénombre, qu'un silence rassurant s'établisse. Puis je descendrai, nus pieds, à la lueur d'une bougie, prenant la précaution de ne pas faire claquer les tomettes sous mes pas. Et quand il m'arrivera d'être surprise, je stopperai ma descente, ma charge suspendue au bout de mon bras, et attendrai patiemment que la voie se libère.

Ce que nous possédons se résume à une cuisinière à charbon devant laquelle nous nous réchauffons à tour de rôle – plus tard, nous aurons un poêle à mazout dont le reflet des flammes dansera sur les murs à la tombée de la nuit une sarabande inquiétante –, une table, une armoire, un grand lit, cinq chaises et des ustensiles de ménage et de cuisine que nous avons achetés avec ce qui restait de la vente du troupeau. Les premiers mois, les enfants dorment sur des paillasses qu'un matelassier nous a cédées à bas prix. Nous partageons l'étage avec une autre famille de Balagne : les Luciani. Eux arrivent de Pietralba – nos appartements mitoyens, les murs aussi épais qu'une feuille de papier à cigarettes. Pendant longtemps, nous saurons tout de leur vie – les colères éthyliques du père, les coups comme simples claquements de porte, la veulerie de la mère. Et eux tout de la nôtre.

Pendant des années, cette promiscuité envahira notre intimité. Nous ne la retrouverons qu'avec l'arrivée insolite de la TSF. Un joli poste en acajou avec deux gros boutons et deux autres plus petits, surmonté d'un grand pavillon, que Paul-Dominique dénicha je ne sais où – plus tard, 3 rue du Pont, je le remplacerai par le gros Radiola. Entraient alors des voix nouvelles dans notre maison. Des voix qui s'adressaient à nous sans qu'on comprenne comment elles arrivaient jusqu'à nos oreilles. Des voix qui couvraient le silence que nous gardions jusqu'alors.

C'est à cette époque que j'ai recommencé à chanter. Comme quand je courais, fillette, sur les chemins autour du village. Je reprenais les refrains des mélodies qui me plaisaient. J'adorais Mistinguett. *Valencia, je suis une fille étrange, j'viens du pays d'l'oranger* […] *Valencia, j'ai le cœur d'une gitane et je n'ai qu'un seul amour.* Je la connaissais par cœur. Quand j'entendais les premières notes de « C'est vrai », je chantais de concert avec celle dont j'imaginais la silhouette aux jambes fuselées. Je sautillais et empoignais le revers de ma robe pour le balancer de gauche à droite. Nonciade du haut de ses huit ans m'imitait. Et quand la musique s'arrêtait, la joie interrompue, la trêve rompue, reprenait alors le manège incessant de la vie. Celui du quotidien et de l'ennui.

Notre traversée est maintenant derrière nous. Je pense que j'arrive dans une ville inconnue, et que je vais sans doute y passer le reste de ma vie. Que je ne reverrai plus mon île natale. Que mon village sera ce souvenir brumeux que j'inviterai les jours de vague à l'âme. Je pense à ma mère que je n'ai jamais connue – cette blessure qui ne se refermera pas. Me vient la douleur de ne pouvoir me figurer son visage. Je pense que je vais continuer à parler le corse avec Paul-Dominique. Mais je sais qu'il me faudra apprendre à lire et à écrire le français correctement. Que désormais la langue peut me laisser définitivement en marge du monde.

– Ma mère m'a appelée Farida car je ne ressemblais à aucun autre bébé, et que j'avais la bouche en forme de cœur et la peau aussi sucrée que celle des gâteaux au miel qu'elle faisait pour l'Aïd. J'étais sa fille unique. La prunelle de ses yeux. Elle le répétait à tout le monde, tout le temps. Il ne fallait pas toucher à un seul de mes cheveux, sinon elle sortait ses griffes. Elle interdisait à mes frères de lever la main sur moi, et de me disputer. Chaque fois que l'un d'eux m'approchait un peu méchamment, elle lui jetait un regard qui le changeait en statue. Elle leur disait que j'étais sacrée. Que s'ils me touchaient, ils réveilleraient la colère des djinns.

– Des djinns ?

– Oui ! Pour nous, ce sont des êtres surnaturels. Ils vivent près des points d'eau, dans le sable. Ils ont beaucoup de pouvoirs. Ils peuvent prendre l'apparence d'hommes ou d'animaux. Celle des serpents par exemple.

– Et tes frères la croyaient ?

– Tout le monde chez nous craint les djinns. Quand on rencontre un serpent dans le sable ou entre les pierres d'un oued asséché, on se demande toujours si on a affaire à un véritable serpent ou à un djinn… Mais c'est des serpents qu'il faut se méfier, les djinns, eux, vivent en harmonie avec nous, avec nos croyances.

– Et depuis que tu es ici, tu crois encore aux djinns ?

– Bien sûr que j'y crois ! Plus que jamais. Ici, tu sais, il y a bien pire que tous nos serpents du désert… Heureusement, je suis protégée par l'œil de la perdrix.

– L'œil de la perdrix ?

Elle a pointé du doigt son front où était tatoué ce petit losange dont chaque extrémité renflée ressemblait à une croix. Il m'intriguait. Depuis notre première rencontre. Mais je n'avais pas osé lui en demander l'origine ni le sens. J'avais toujours pensé que les marques sur les corps, qu'elles soient rituelles ou de naissance – je me souviens de cette tache de vin qu'avait notre voisin au village, sur tout un côté du visage, de la base du nez à la naissance du cou –, ne justifiaient aucune indiscrétion.

– C'est ma mère qui me l'a fait tatouer. Elle avait le même sur son front et sur ses joues. Chez nous, dans le Mzab, la perdrix est le signe de la beauté et de la grâce. Mais surtout, elle préserve du mauvais sort.

C'était un de nos lundis, un de nos moments à nous. Les semaines avaient filé. Je n'avais pas vu l'été arriver. Farida portait des tuniques aux couleurs toujours plus vives. C'était la première fois qu'elle me parlait de sa mère, de sa vie d'avant. Des passereaux nichaient dans l'arbre, au-dessus de nous. Je ne savais pas à quelle famille ils appartenaient. Ceux-là avaient le ventre blanc sous un plumage jaune, et un capuchon noir et rouge sur la tête. Ils chantaient en s'égosillant. Certains, moins farouches, sautillaient à quelques mètres de nous en becquetant le sol.

– Tiens ! Ils sont de retour ceux-là. Ils doivent venir de chez toi, ai-je dit.

Farida avait les yeux brillants. Je ne savais pas si c'était le soleil qui jouait avec la fragilité de ses pupilles, ou bien l'émotion qui la prenait.

– Eux au moins pourront repartir l'hiver prochain, a-t-elle répondu. Moi, je ne sais pas quand je le pourrai... Et si je le pourrai un jour...

Elle a pris une grande goulée d'air. Comme si elle avait besoin de remplir ses poumons pour affronter une épreuve. Puis elle a déroulé d'un seul coup sa vie en Algérie. Pelote sur le fil de laquelle elle avait tiré sans le vouloir.

Ghardaïa, la ville qui l'avait vue naître. Ses plans étagés, l'enchevêtrement de ses ruelles, telles les lignes d'une main, le bleu des toits, plus pur que celui du ciel, posé sur la terre cuite des maisons, sa mosquée, gardienne et bienfaitrice.

– On habitait sous le minaret. Quand le muezzin lançait l'appel à la prière, j'avais l'impression qu'il était dans la pièce où je dormais. Il n'y a que le vent qui fait plus de bruit que lui.

Sa famille. Ses ancêtres nomades, sa mère tisseuse de tapis, son mariage avec Rachid, la naissance de ses enfants.

– Mohamed est venu sans complication. Medhi, lui, m'a donné plus de fil à retordre. Medhi a toujours été celui qui avait le plus peur des serpents.

Elle s'est mise à rire.

– Il devait déjà avoir peur dans mon ventre. C'est pour ça qu'il ne voulait pas sortir.

– Et Layla ? ai-je demandé.

– Layla ! La pire de tous. Elle m'a tordu le bas-ventre comme un linge à essorer.

Elle est restée songeuse un instant. Puis, elle a ramassé un bout de bois à ses pieds. Elle a tracé sur le sol une ligne zébrée, des vaguelettes qui représentaient les dunes du grand erg occidental, dessiné deux cercles.

– Tu vois ! Alger est là. Et Ghardaïa ici.

– C'est pas tout près, ai-je dit.

Elle a montré le chiffre six avec ses doigts.

– Six cents kilomètres ! C'est un très long voyage. Ça n'en finit plus. Le jour où Rachid est parti, il y avait une tempête de sable. Elle s'est levée avant son départ. Le sable nous fouettait le visage. Je ne voyais que son regard sous son chèche. Au moment où le camion bâché qui devait les amener jusqu'à Djelfa a démarré, une rafale m'a giflée si fort que j'ai été obligée de tourner la tête.

Elle s'est essuyé les paupières, la scène encore sous ses yeux.

– Tu ne l'as pas revu pendant combien de temps ? ai-je demandé.

– Quatre ans, c'est long, tu sais… Quatre ans, sans ton mari. Sans le père de tes enfants. Layla avait tout juste un an. Et Mohamed, six. Le matin, en me levant, Ghardaïa me semblait vide sans lui. J'avais l'impression qu'il était parti à l'autre bout du monde. Il me manquait trop. J'ai voulu le rejoindre. Quand ma mère est morte, j'ai dit aux enfants : « On part retrouver votre père. » Je m'en souviens encore… Layla m'a regardée avec ses yeux ronds. J'avais l'impression de lui parler d'un inconnu. J'ai écrit à Rachid pour qu'il nous fasse venir. Et trois mois après, on débarquait à Marseille. Puis on a pris le train pour Toulon.

Elle s'est arrêtée de raconter. N'a rien dit de son arrivée au bidonville, de ses retrouvailles avec Rachid, de cette vie à laquelle elle ne s'attendait sans doute pas. Elle s'est redressée. Je l'ai imitée. L'après-midi était bien avancé – les allées animées par un étrange manège. Le jardin se vidait peu à peu de ses habitués, tout en se remplissant de ses visiteurs du soir, plus jeunes, plus arrogants. C'était étonnant de les regarder faire. Les premiers quitter la place dans la lenteur. Les seconds l'investir avec précipitation. Sans un regard ni une attention portés les uns aux autres.

Ce soir-là, après avoir quitté Farida, je me suis demandé si l'œil de la perdrix veillait aussi sur les femmes quand elles enfantaient... S'il les aidait à arracher de leur ventre, sans le déchirer, cette épée de chair rougie. Les préservait de tout ce qui parfois martyrise les corps et laisse l'amertume au cœur – la perte, l'abandon ou la mort. Ou s'il détournait le regard, au dernier moment. Comme autrefois Paul-Dominique après avoir lâché en moi sa semence.

Depuis quelques mois, à l'initiative de Farida, nous avons déplacé nos rendez-vous dans le quartier – au bout du port, là où la mer prend ses aises, en contrebas du quai de l'Eygoutier, au bord de la rivière dite des Amoureux, par laquelle s'évacuent les eaux usées en direction du large. On y accède par un escalier abrupt, en ferraille, au pied duquel s'ouvre un sentier qui filoche entre des herbes hautes, le long de la rive. Farida le prend souvent pour raccourci vers le bidonville, moi, de temps en temps, jusqu'au pont de l'abattoir qui surplombe notre pâté de maisons. Nous le longeons jusqu'à ce qu'il s'élargisse, et nous offre la possibilité d'une halte. Nous nous assoyons à fleur d'eau, couvrant nos jambes avec nos robes pour les protéger des piqûres des herbes. Là, sous l'ombre suffisante des arbres, le pépiement des oiseaux et le bruissement des feuilles, nous reprenons notre intarissable conversation – le lieu et les éléments en connivence avec nous. Jusqu'à la pluie, bonne fée, appliquée à ne pas plomber nos retrouvailles, patiente même quand elle menace de crever le matelas des nuages et que nous nous attardons trop.

À chaque fois que vient l'heure de partir, de nous lever, éliminant à grands revers de main les boules de gratteron accrochées à nos robes, j'ai l'impression que nous abandonnons bien davantage derrière nous. Grâce des moments que nous venons de passer ensemble. Nous rentrons alors en silence, l'une derrière l'autre, jusqu'à ce que la mer nous tourne soudain le dos, au bout du sentier, retrouver nos existences intactes – Farida sa vie d'exilée entre ses murs de carton-pâte, et moi, cet entre-soi mâtiné de gris avec Paul-Dominique. Costumes prêts à enfiler, tombant impeccablement sur nos silhouettes, sans faux pli, tenus par des mains fantômes. Devant cette barrière de bois et de métal grinçant qui marque l'entrée du bidonville et jusqu'à laquelle je la raccompagne, il me vient alors, à l'instant de nous séparer, une décharge au corps, une douleur poitrinaire, les jambes flageolantes et les mains graissées de moiteur, la respiration défaillante. Cela ne me dure qu'un moment… Je la regarde passer la porte. Attends que sa silhouette s'évanouisse. Puis reprends mon chemin. Saute le talus à l'endroit où, un an plus tôt, elle m'a relevée de ma chute. Me retourne à plusieurs reprises de façon incontrôlée, m'attendant à ce qu'elle réapparaisse, et que revienne ce temps des premiers instants de la rencontre.

4 juin 1958. Je me tiens dans ma cuisine, affairée à préparer une galette de châtaignes que me réclame Paul-Dominique depuis des mois. « Comme tu la faisais au village… », avait-il dit. Le matin, j'ai trouvé la farine chez le marchand d'épices sur le grand cours. Dans la pièce voisine, la télévision tourne. Paul-Dominique, assis devant le poste, attend le repas du soir. De lui, je ne perçois qu'une agitation, ponctuée de bougonnements, signe que quelque chose lui déplaît. Puis, j'entends une voix. Une voix que je connais. Reconnais. Une voix que j'ai écoutée autrefois, pendant les années d'occupation, collée au transistor, Paul-Dominique s'échinant à régler la fréquence de la BBC sur laquelle elle se faisait entendre. J'arrête ma tâche. Essuie à un torchon mes mains blanchies de farine. Tends une oreille. Aucun doute. C'est lui ! Je rejoins Paul-Dominique. Me poste dans son dos. De Gaulle est à l'antenne, debout à un balcon, derrière des micros. Géant entre deux colonnes

de pierre, il dépasse d'une tête ceux qui sont à ses côtés. Le drapeau français flotte dans un coin. À cet instant, je n'ai aucune idée du lieu, ni de la raison pour laquelle il prend la parole. De temps en temps, la caméra balaie la foule au pied de l'immeuble – marée humaine dont l'étendue déborde les limites de l'écran. D'elle monte une clameur chaque fois que le Général laisse tomber un silence au bout de ses phrases.

C'est la première fois que je revois de Gaulle depuis la Libération. Je le trouve légèrement vieilli, le corps un peu tassé, sa voix, elle, intacte – même force, même vibrato. Il lève ses bras à rallonges, les agite pour accompagner ses paroles. Il m'a toujours fait l'impression d'un grand oiseau planant au-dessus de tous – le ciel pour lui sans limites. Alors les autres, à côté de lui ! Dans ma mémoire, ils disparaissaient, comme avalés par la seule présence du Général. À tel point que je ne retenais ni leurs noms ni leurs visages. Galerie de portraits que j'aurais balayée du regard sans qu'elle me laisse le moindre souvenir. Paul-Dominique me le reprochait assez souvent : « Tu crois qu'il a sauvé la France à lui tout seul... » Il pointait mon ignorance : « De Gaulle ! Pff ! Qu'on me parle de Thorez, Croizat, Billoux, Tillon. Ceux qui nous ont sortis, nous les ouvriers, de la féodalité. »

Thorez ! Celui-là fut un temps son idole. À la sortie de la guerre, il n'avait que ce nom à la bouche. Thorez par-ci, Thorez par-là. Aux élections de 1945,

Paul-Dominique avait voté communiste comme un seul homme, sans se préoccuper le moins du monde de ce droit nouveau que l'on m'accordait. Thorez, lui, était devenu ministre, avec trois autres de ses camarades, dans le gouvernement de De Gaulle. Paul-Dominique avait fêté ça avec la cellule du Parti où il se rendait de temps à autre. J'ai même cru que cela allait devenir sa deuxième famille. Puis l'enthousiasme était retombé aussi vite qu'il était monté. « C'est pas pour moi ce bazar... », avait-il dit un soir en rentrant d'une de ces réunions. Et je n'en avais plus entendu parler.

J'interroge Paul-Dominique, lui demande ce qu'il se passe, où cela se passe... Il tourne la tête vers moi, l'air étonné, me répond : « À Alger... » Ajoute : « Tu t'intéresses à la politique, maintenant ? » Je ne relève pas. J'écoute de Gaulle dérouler son discours. Une phrase m'interpelle, qu'il ponctue par un silence : « Cela signifie qu'il faut reconnaître la dignité à ceux à qui on la contestait... » Je pense aussitôt à Farida. Je dis tout haut : « Ce pays est le sien. » Paul-Dominique se retourne à nouveau vers moi : « De qui tu parles ? » Je réponds : « De personne. »

Tout à coup, j'ai l'impression de sortir d'un long endormissement. Treize longues années depuis la Libération pendant lesquelles j'ai occulté les événements et les bruits du monde. Comme si après la guerre, assourdie et meurtrie, j'avais décidé de ne plus rien voir ni entendre. Réduite à la seule épreuve de ma douleur.

Était-ce une coïncidence ? Farida m'a ouvert les portes du bidonville le lundi suivant. Peut-être avait-elle attendu que je sois prête à regarder la réalité en face ? Afin qu'à sa vue, je n'aie pas ce mouvement de recul, typique de ceux du dehors, qui en disait long sur le dégoût que leur inspiraient les habitants du bidonville. Bien sûr, elle me savait différente. Mais un simple regard détourné, une paire d'yeux levés vers le ciel, l'espace de quelques secondes, cherchant un refuge illusoire, aurait suffi. Oh ! Elle ne m'en aurait rien dit. Juste, elle s'en serait voulu de s'être trompée.

Je doutais qu'elle ait entendu le discours de De Gaulle – la télévision ne faisait pas partie des meubles dans ces baraquements où tout tenait de la survie. Alors, spontanément, sur le chemin du retour, j'ai évoqué la prise de parole du Général, quelques jours plus tôt. Ce qu'il avait dit à propos de sa terre, à elle. Comment il avait parlé d'une seule catégorie d'habitants en Algérie. « Tous Français à part entière, avec les mêmes droits et les mêmes devoirs, qu'ils soient des villes, des douars, des plaines ou des djebels. » J'avais appris la phrase par cœur. Elle m'a laissée finir. Mais j'ai vu qu'elle était au courant.

– Messaoud nous l'a dit. Il nous a dit que le chef des Français a fait un discours, mercredi dernier, à Alger.

– Messaoud ?

– C'est mon jeune frère. Il est à Paris. À La Folie. Dans un bidonville comme le nôtre, mais beaucoup plus grand.

– La Folie ?

– C'est le nom du quartier. C'est à Nanterre.

– Il fait quoi à Nanterre, Messaoud ?

– Pareil que Rachid : terrassier. C'est là qu'il y a le plus de travail. Au bord des routes, dans les rues, à creuser avec le marteau-piqueur. C'est lui le premier de la famille qui est venu travailler en France, et qui a dit à Rachid qu'il y avait du travail, ici, pour tous les frères.

– Et Rachid ne l'a pas rejoint à Paris ?

– Non. Messaoud a dit de ne pas venir à Nanterre. Que le bidonville est trop grand. La vie à l'intérieur trop difficile. Surtout l'hiver. Qu'il y fait trop froid. Alors Rachid a préféré venir travailler ici. Parce qu'ici, le soleil fait un peu comme chez nous, il ne se cache pas souvent.

– Il a une femme, des enfants ?

– Oui. Mais elle n'a pas pu le suivre. Elle est malade des poumons. Elle est restée au pays avec les enfants. C'est dur pour Messaoud. Ils ont deux fils et une fille, comme nous. Elle, elle est de Blida. Tu connais Blida ?

– Non. C'est où ?

– C'est pas très loin d'Alger, dans les terres. C'est très joli. C'est la Ville des Roses. Elle te plairait. C'est une ville lumineuse. Comme toi.

J'ai souri.

– Lumineuse ? C'est bien la première fois qu'on me dit ça.

– Oui. Ton visage est plus lumineux depuis quelque temps. Et puis, avec tes nouvelles robes, il va l'être encore plus !

Elle faisait allusion aux deux nouvelles robes que je venais d'acheter, une heure plus tôt chez le fripier, en bas du grand cours.

Farida avait pris les choses en main. En me retrouvant, à notre heure habituelle, elle avait passé son bras sous le mien, et dit : « Aujourd'hui on va dépenser des sous... » « D'accord ! » avais-je répondu sans réfléchir. J'avais pensé aussitôt à Nonciade. À ces jours où elle débarquait dans ma cuisine, après le repas du midi, et me lançait : « Maman, laisse tomber ta vaisselle ! Cet après-midi, on va faire les magasins... » Ça la prenait comme ça lui chantait. Et si j'exprimais une quelconque réticence, ou prétextais une tâche à finir, elle devenait plus directive : « Y a pas à discuter ! Allez hop ! Va te préparer. Et puis ça va te faire du bien... » Ça, c'était sa grande phrase, sa grande idée, à Nonciade. Se faire du bien. Tout le bien qu'on pouvait. Emmagasiner des petits plaisirs, des joies toutes simples, des cascades de fous rires. Elle appelait cela sa réserve de petits bonheurs. Pour tous les moments casse-gueule. Les jours de moins bien.

Je nous revois allant, bras dessus, bras dessous, à la façon de deux amies. Le printemps vient de s'installer. La guerre tonne au loin. Nous sommes encore en zone libre. Elle n'a pas dix-huit ans, me dépasse déjà d'une bonne tête. Ses cheveux de jais balancent sur ses épaules. Sa taille de guêpe épouse parfaitement sa robe colorée. Les œillades des hommes que nous croisons viennent se planter sur sa silhouette. Nous marchons, le pas allègre. À ses côtés, j'ai la sensation de me tenir droite. Nous léchons les vitrines des magasins de prêt-à-porter. Elle rêve tout haut de dentelles et de sequins. Désigne les robes et les mocassins qu'elle aimerait porter pour l'été. J'acquiesce, comme si tout était à portée de nos envies. Nous passons devant les cinémas du grand boulevard... Le Casino, le Cinéact, l'Eden. Nous achetons le journal du spectacle vendu à la criée. Nous entrons dans des cafés qui bordent la place de la Liberté. Commandons un chocolat. Nonciade me lit les résumés des films à l'affiche, les distributions, les critiques parues dans le *Petit Var* ou le *Passe-partout*. Nous choisissons ensemble celui que nous irons voir à la prochaine séance. Je pose au hasard mon index sur le papier. Suis la ligne qui tombe sous mes yeux. Essaie de déchiffrer mot à mot ce qui est écrit. Nonciade m'encourage. Me reprend autant que nécessaire. Et chaque fois que je réussis, je vois ses yeux qui brillent.

Farida était entrée dans la boutique du fripier comme en terrain conquis. Moi à sa suite, un peu sur la pointe des pieds. Elle avait commencé à faire défiler les modèles sur les cintres. Trié, écarté, mis de côté, examiné les coupes, touché les tissus, tâté la qualité. Le fripier l'avait regardée faire, une main posée sur son crâne chauve, lissant de l'autre fébrilement sa barbichette, faisant tourner ses yeux effarés dans ses orbites, marmonnant dans sa barbe, sans pour autant arrêter son manège. Complices qu'ils étaient. Jouant et rejouant la scène ancestrale du marchandage qu'ils connaissaient par cœur.

J'étais ressortie avec une belle robe à fleurs rouges et une autre, d'un magnifique vert pistache, imitant la soie, qui ressemblait un peu à celui que Farida portait le jour de notre rencontre. « Je suis sûre qu'elle va t'aller », m'avait-elle dit. Elle m'avait incitée à négocier. « Demande-lui de te faire un bon prix ! » m'avait-elle soufflé. Et devant mon hésitation : « Si, si ! Il attend que ça. Et puis, tu lui en prends deux, il peut bien faire un effort. Tu as honte ? Tu veux que je le fasse à ta place ? » « Non », avais-je répondu, sans pour autant être sûre de moi. Je m'étais enhardie, serrant mes bras contre ma poitrine, prenant ma respiration, et me présentant devant le fripier en conquérante, le regardant droit dans les yeux, histoire de lui montrer ma détermination : « Je vous prends les deux si vous me faites un prix. » Farida à côté de moi avait ouvert grand ses mains pour montrer au marchand qu'il n'avait pas d'autre choix s'il voulait me vendre les robes. Lui avait rechigné pour la forme, me faisant mesurer l'effort que je lui réclamais, avant de consentir un rabais de deux cents francs, concluant par cette parole qu'il tenait en réserve : « Vous faites une sacrée affaire ma p'tite dame ! »

En sortant, je n'étais pas peu fière de ma victoire, souriant béatement, comme une enfant – moi qui n'avais jamais osé discuter le moindre prix auparavant, suivant la ligne de conduite de Paul-Dominique. Mais je crois que Farida l'était encore davantage, de m'avoir vue accomplir cette petite prouesse.

Devant l'entrée du bidonville, au moment de nous séparer, Farida m'a prise par la main. Tirée à sa suite, comme l'aurait fait une camarade de jeu, saisie tout à coup par l'urgence de faire découvrir ce qu'elle cachait jusqu'alors. Et entraînée à l'intérieur. « Viens ! Tu seras un peu en retard aujourd'hui pour préparer le dîner. Je vais te présenter... »

En rentrant, j'ai trouvé Paul-Dominique attablé devant une assiette de fromage de brebis sur lequel il avait cassé deux œufs, comme je la lui préparais parfois. Pour la première fois, il dînait en mon absence. Seul. Face aux murs, aux meubles, aux objets de cette pièce qui ne lui renvoyaient rien d'autre qu'une présence impassible. Aucun son, aucun déplacement de l'air, aucune vision fugitive. Aucun trouble fait à son silence. Il a levé vers moi un regard interrogateur. J'ai dit que je m'étais attardée plus que prévu chez Farida, sans autre explication. Il a hoché la tête. Remis le nez dans son assiette. Seuls les bruits de mastication du pain saucé dans le jaune d'œuf et ceux des gorgées de vin de table qu'il achetait au litre chez Quaranta, le marchand de vin du bout de la rue, brouillaient le silence.

Je me suis rendue dans notre chambre. J'ai pris dans l'armoire ma boîte à couture. Récupéré l'un de ses pantalons à repriser. Et suis revenue m'installer dans la cuisine, sur le tabouret, près de la fenêtre où j'avais mes habitudes. Il a suivi mon manège du coin de l'œil, tout en commençant à éplucher une pomme – fruit avec lequel il terminait invariablement ses repas – avant de la diviser en quartiers. J'ai attendu qu'il finisse de la manger. Je me suis levée, et j'ai débarrassé la table, avant de retourner à ma couture. J'ai senti chez lui comme une respiration, un relâchement du corps, de toutes ses terminaisons nerveuses. Comme après un effort contraint et continu. Tout rentrait dans l'ordre, a-t-il dû penser. L'ordre de quoi ? L'ordre des choses ! Celui qu'il avait toujours connu. Lui à sa place. Moi à la mienne.

M'est alors revenue la vision de ma mère adoptive, recousant après le repas les vêtements de son mari et ceux usés de mes frères, assise sur un banc devant la grande cheminée, la lueur du feu se reflétant sur ses joues rosies – elle encore jeune malgré la peau de ses doigts déjà racornie, à force de lessives, le visage tôt flétri, giflé par le vent, buriné par le soleil. Puis moi, souvenir plus vivace encore, après avoir épousé Paul-Dominique, dans notre maison, au village, près de la fenêtre, avant que ne tombe le soir, la lumière oblique de la fin du jour servant de lampe d'appoint, un dé passé au majeur, piquant sans relâche l'aiguille dans la peau dure du drap. Elle et moi, à des âges différents. Et pourtant si semblables. Nous attelant à notre tâche sans ordre reçu ni volonté soumise. Acceptant notre sort, nos jeunesses volées, sans jamais nous rebeller.

Vivant auprès des hommes comme à côté des bêtes nourricières. Cherchant un équilibre au milieu d'eux, sans jamais leur faire perdre le leur. Marchant dans leurs pas pour ne pas leur faire d'ombre. Allant à cloche-pied s'il le fallait, là où ils avançaient à leur allure.

Bien des années plus tard, j'entends encore Nonciade, du haut de ses dix-huit ans, s'élever contre cette absurdité, chaque fois qu'elle me voyait faire ainsi – elle, une tempête toujours prête à éclater. Sa voix battait alors à mes tempes comme une voile que le vent fait claquer. Son père et ses frères figés de stupeur, telles des statues du passé.

J'ai mis un dernier coup d'aiguille à mon raccommodage. Coupé le fil d'un coup de dent – Paul-Dominique, lui, assis depuis un moment dans la pièce d'à côté où la télé avait commencé à tourner. Au fond de moi, je savais que je n'avais pas répété les gestes d'autrefois. Pas dans un état semblable en tout cas. C'était imperceptible. Invisible à l'œil nu. Mais je le sentais. Quelque chose s'était déplacé. Soulevé par un souffle aussi bref que soudain. Quelque chose qui ne retomberait plus à sa place initiale.

Farida s'est arrêtée à la hauteur d'une baraque en planches, recouverte d'un toit de tôles cimentées. Devant, un empilement d'agglos forme un carré sur lequel est posé un plateau en bois. Tout autour, disposés en cercle, de grands bidons en plastique font office de sièges. Sur la façade, une ouverture obturée par un rectangle de carton amovible tient lieu d'unique fenêtre. L'entrée est dissimulée derrière un rideau de tissu.

– Assois-toi là ! Il fait trop chaud pour entrer. Je vais préparer le thé, dit-elle avant de disparaître à l'intérieur.

Aussitôt, sa voix résonne derrière le tissu – des paroles prononcées dans sa langue, celles d'une colère. Instantanément, un garçonnet jaillit, comme expulsé par un coup de pied au derrière imaginaire. Prenant ses jambes à son cou, sans demander son reste. Je le regarde détaler tel un lapin, soulevant un nuage de poussière. C'est Medhi, le fils cadet de Farida : cheveu ras, allure chétive, membres grêles sortant de ce flottant de tissu jaune qu'il portait déjà la première fois où je les ai vus, lui et son frère, revenant de l'école. Quelques secondes plus tard, une voix de crécelle retentit dans mon dos.

– Medhi ! Medhi !

Je me retourne. Une petite fille se tient dans l'encadrement de la porte – bouille ronde, joues à croquer, sourire en quenottes, chevelure de jais, toute bouclée, le corps drapé dans le tissu du rideau. Portrait craché de sa mère. Elle insiste à pleines cordes vocales, hélant le fuyard. Lui déjà loin, sa vitesse de course étonnante, sa silhouette évanouie au bout de l'allée, le bruit de ses sandales frappant le sol, comme celui d'un poulain apeuré. Puis la voix de Farida, à nouveau de l'intérieur de la baraque :

– Layla ! Laisse Medhi ! Il reviendra quand il aura fini de faire la tête.

La petite fille stoppée dans son élan, comprenant qu'elle s'égosille en pure perte. Se rendant compte de ma présence. Me fixant un moment – l'œil espiègle. Flèche prête à me transpercer. Avant de disparaître aussi soudainement qu'elle est apparue.

– Tu as vu Layla ! dit Farida en posant le plateau à thé devant moi. Une vraie sauvageonne. Je ne sais pas de qui elle tient…

Je souris. Observe mon amie – son ballet de gestes remplissant nos verres à ras bord sans verser une seule goutte à côté.

Un instant, je me revois à Vert Coteau, les jours d'été, appelant Nonciade pour le dîner – une fois, deux fois –, elle, faisant la sourde oreille, sur le terrain vague derrière notre maison, se cachant, jouant à coucou entre les maigres arbustes qui y poussaient, avec son air de « viens me chercher si tu veux ! »... Je demande :

– Quel âge ça lui fait ?

– Elle a eu cinq ans le mois dernier... Elle est née au bled, avant qu'on parte.

Farida s'assoit. Raconte la naissance difficile de sa fille... Une nuit d'hiver, derrière les murs de terre cuite, sur les hauteurs de Ghardaïa. La petite Layla récalcitrante qui voulait prendre tout son temps. Lentement libérée du ventre de sa mère. Lui déchirant le périnée au passage. Coulée d'acier sauvage versée d'une poche trop serrée. Farida, perlée de sueurs, soufflant comme une bête, prise dans des douleurs atroces, un ruisseau continu de sang s'échappant entre ses jambes, que les femmes du village épongeaient au fur et à mesure. Avant de tomber sans connaissance plusieurs minutes. Oscillant, les jours suivants, entre délire et abattement, son corps bouclé dans l'armure d'une fièvre tenace. Rachid, déjà reparti en France depuis plusieurs mois, prenant des nouvelles de loin. Lui pourtant si présent pour les naissances de Mohamed et de Medhi – ses yeux si brillants qu'on aurait dit deux étoiles illuminant l'arrivée d'un dieu.

L'écoutant, je repense au mari de ma mère adoptive, à la naissance de son premier fils. Sa mine des bons jours, son air guilleret, se frappant la cuisse de joie. Buvant des canons. Invitant autour de lui. Faisant venir, tout exprès de Bastia, un daguerréotypeur pour immortaliser l'événement, sacrifiant un agneau pour le dédommager – les photos encadrées au-dessus de la cheminée. Reproduisant la chose à l'identique pour le suivant. Ses fils ! Mes frères. Princes attendus. Comme venus du ciel. Prenant toute la place qu'on leur laisse. Sans partage ni brutalité. Donation de droit divin. Nous à leurs côtés, ma mère adoptive et moi, réduites aux restes. Étrangères à leurs solidarités d'hommes. Cantonnées au rôle des grandes muettes.

Paul-Dominique n'était pas si différent. Indulgent envers lui-même tout autant qu'à l'égard de nos fils. Incapable d'écrire une autre histoire familiale que celle que les maris et les pères du village lui avaient transmise. Loin, bien sûr, de la brutalité que j'avais connue. N'imposant à la maison ni silence ni frustration. Mais ne laissant, non plus, aucune équivoque sur la place qui revenait à chacun.

Quand Nonciade est arrivée, elle a tout bousculé sur son passage. Accident qu'ils n'ont pas vu venir. Désarçonnant Paul-Dominique. Piquant les garçons. Elle, imprévisible. Eux, plus nigauds que méchants. En grandissant, elle leur lançait des mots que je n'avais jamais entendus dans la bouche d'une jeune fille. Pétards sonores jetés à leurs figures. Se moquait de tout : l'autorité de François, le comportement de fier-à-bras de

Camille, les remarques de son père. Rien ne semblait l'atteindre. Avançant tels ces torrents impétueux au passage desquels les obstacles finissent par tomber. Son visage de marbre quand ceux de ses frères pâlissaient. Sa voix assurée quand les leurs s'enrayaient. Vieux disques machistes parvenus au bout de leur sillon. J'observais le manège. Ne disais rien – aux anges.

Sans que je m'en rende compte, des femmes, depuis les baraques environnantes, nous ont rejointes. Farida me présente Basma, sa voisine et amie la plus proche, Chaïma une cousine éloignée, Fairouz l'Algéroise, Warda et Djamila de Blida, Zineb de Ouargla, Anna Maria, la Portugaise, arrivée avec sa famille des bords du Tage. Elles m'entourent, curieuses. Évaluent la courbe de mon visage, la couleur de mon teint, celle de mes yeux, mon tour de poitrine, celui de mes hanches. Examinent mes cheveux, les boucles à mes oreilles. Inspectent le tissu de ma robe. Jettent un coup d'œil à mes orteils, au vernis qui colore mes ongles. Farida observe la scène avec un brin d'amusement, sourit de me voir ainsi décontenancée. J'ai l'impression de rentrer d'un voyage lointain dont on fête le retour. Puis je finis par comprendre que tout cela est prémédité : ma présence, celle de ses amies, ce moment de convivialité. Que rien de ce qui se déroule sous mes yeux n'est le fruit du hasard. Pour elle comme pour moi. Ce jour marqué d'une pierre blanche. Elle, mon hôte. Moi, son invitée.

Leur curiosité satisfaite, les amies de Farida s'assoient avec nous. Farida leur sert du thé, leur offre ces délicieux gâteaux au miel qu'elle a préparés. Tout ce petit monde parle de tout et de rien. Du déroulement de leurs journées, de leurs achats, de la couleur de leurs vêtements, de leurs enfants – l'un qui commence à grandir, l'autre qui n'en fait encore qu'à sa tête. Du repas du soir à préparer, du mariage de la fille de l'une, des ablutions du mari de l'autre.

J'en arrive presque à oublier la violence du lieu. Ces constructions de bric et de broc. Ces toits de tôles posés comme des ailes mortes. Ces meubles à la gueule cassée récupérés aux encombrants. Ces objets et ustensiles trouvés en farfouillant dans les décharges. Ce sol encore raviné par les pluies de mars. Cette chaleur écrasante, sans l'ombre d'un arbre sous lequel se réfugier. Cette poussière levée par les pas incessants et les courses répétées des plus jeunes – masque déposé sur la peau des visages. Je pense à ce que vivre là nécessite d'efforts et de sacrifices… Aller chercher de l'eau à l'unique fontaine, se laver dans ces bassines en fer-blanc qui servent à tout : la vaisselle, le ménage, la blanchisserie. Déféquer dans une cabane dressée au-dessus d'un trou. Puis mes yeux reviennent sur ces femmes, Farida en figure de proue. Leurs présences lumineuses à côté desquelles je me tiens debout. Comme si je venais de chuter une seconde fois. Et qu'elles m'avaient à nouveau aidée à me relever.

Je passai tout l'été 1958 au bidonville. Je sortais tôt le matin faire des courses sur le grand cours. Puis sur le retour, au lieu de rejoindre notre maison, je franchissais la barrière, laissant derrière moi un monde qui, pendant quelques heures, n'était plus le mien. À force de m'y rendre, je connaissais chaque baraque, chaque recoin, comme ma poche. Je repérais les habitations à leurs détails : fissures entre les planches, usure des cartons faisant office de fenêtres, couleurs des tissus dissimulant les entrées, linges flottant, étendus aux fils précaires, objets hétéroclites encombrant les sols, attendant de trouver leur usage. Je rejoignais celle de Farida. Pièce unique – son ameublement succinct, répondant aux seuls besoins primaires : manger, se laver, dormir, s'éclairer, se chauffer l'hiver, et se protéger du soleil l'été. Rien d'autre n'ayant sa place, au risque d'encombrer. Ni superflu ni décoration.

J'arrivais les bras chargés de légumes et de fruits, pour le midi. J'aidais Farida à quelques tâches : le chargement de bois, du charbon pour la cuisinière, le remplissage des jerricans d'eau. Les jours de lessive, je donnais un coup de main. J'avais tant usé les miennes au lavoir de notre village, puis à celui des anciens abattoirs du temps où il existait encore, à notre installation dans le quartier, que je n'avais rien oublié des gestes anciens. Puis nous préparions le repas ensemble. Souvent, Basma, Chaïma, Fairouz, Zineb et Anna Maria, se joignaient à nous – devenues mes amies autant que les siennes –, le partageaient avec nous, quand nous n'étions pas leurs invitées.

Parfois, après déjeuner, nous nous rendions au hammam de la rue des Riaux – je le connaissais de réputation, sa porte mauresque, ses flammes gravées sur le bois. Nous choisissions le jour réservé aux femmes. La première fois, j'étais gênée de me déshabiller devant elles. Farida m'avait vue hésiter. Elle était passée dans mon dos. M'avait aidée à dégrafer mon soutien-gorge. Et elle m'avait enroulée dans le grand drap de bain qu'on nous avait remis à l'entrée. J'avais honte – mes seins, comparés à sa poitrine opulente, perdus sur la pâleur de ma peau piquée de grains de beauté. Dans la salle chaude, nous restions assises, à parler et rire, sur le muret. De temps en temps, nous nous arrosions à l'aide des brocs d'eau fraîche mis à notre disposition. Puis Farida me faisait allonger sur une table de pierre, au fond de la salle. Elle m'enduisait généreusement le corps de pâte de savon noir et, à l'aide d'un gant Kessa, faisait rouler sous ses mains ma peau morte. À chaque fois, j'avais l'impression qu'elle me nettoyait de toutes les aspérités de ma vie, de toutes ses scories.

Les jours de vacances scolaires, une ribambelle d'enfants tournait autour de nous comme des toupies. Ça courait et criait dans tous les sens. La petite Layla n'était pas en reste. Elle sautait comme un cabri. Grimpait sur mes genoux, comme sur le dos d'un cheval de manège. Je la faisais sautiller en poussant des « hue, dada ! ». Elle riait aux éclats, la bouche remplie de galettes. J'avais pris l'habitude de venir avec des illustrés que je gardais précieusement dans une mallette de poupées offerte à Nonciade pour ses dix ans – toute une collection des *Contes de ma mère l'Oye*. Je tournais les pages en mimant les situations. Elle roulait des yeux ronds, la bouche grande ouverte, prête à gober *Le petit chaperon rouge* avec le loup, ou à se perdre avec l'épouse de *Barbe bleue* dans le cabinet interdit. Je les avais tellement lus avec Nonciade – elle lisant sans un accroc sous mes yeux ébahis, moi déchiffrant à mon tour avec son aide les mots et les phrases, comme une énigme qui peu à peu se dévoile – que j'avais fini par les connaître par cœur.

Quand Rachid rentrait du travail, je ne m'attardais pas. Il me semblait alors que mon temps était écoulé. Que quelque chose se reconstituait avec sa présence qui ne me regardait plus. Rideau tiré que je m'interdisais de soulever.

Rachid, je le voyais arriver de loin, son sac en bandoulière. Tête frisée, fine moustache, cigarette au bec, épaules tombantes, corps plié par les postures éreintantes qu'il tenait tout au long de sa journée. Il passait devant nous sans un mot, entrait dans le logement, et n'en ressortait qu'un peu plus tard, les cheveux mouillés. S'assoyait à l'écart ou rejoignait des camarades de labeur, devant d'autres baraques, pour boire un café et fumer, tout en discutant.

Il me faisait penser à Paul-Dominique, les premiers temps de notre arrivée sur le continent, avant qu'il n'entre à la mécanique... Ce travail dans le bâtiment qu'il avait trouvé, en attendant mieux. Soumis aux variations de température. Il rentrait les soirs d'hiver, emmitouflé dans sa parka, le bonnet descendu jusqu'au bas du front. Se tenait près du poêle. Réchauffait ses mains sur l'émail de la tasse de café que je lui servais. Gardait souvent ce silence qui en disait long sur sa journée.

Le soir, revenant du bidonville, je le trouvais, assis dans son fauteuil, devant le petit écran, collé comme un insecte à une source de lumière, son dîner avalé depuis un bout de temps. Je lançais un bonsoir auquel il répondait sans détourner le regard, levant simplement une main au-dessus de sa tête. J'étais devenue une présence à laquelle il ne prêtait plus attention. Au fond, bien qu'il ne me l'ait jamais dit, je crois qu'il me prenait pour une folle – à l'image de Vieille fille, du temps de notre village.

Un matin, j'avais cherché à parler avec lui de ce que je vivais – de l'importance que cela avait pris. Mais il avait coupé court à toute discussion. Il avait levé le nez de son journal, m'avait regardée d'un air indifférent, et dit sans aucune volonté de me meurtrir : « Rose-Marie, ne perds pas ton temps à m'expliquer ce que tu fais là-bas. Une fois pour toutes, ça ne m'intéresse pas. »

Et puis il y eut ce jour, vers la fin du mois d'août... Je lisais une nouvelle fois *Le petit poucet*, un des contes que Layla me réclamait souvent, quand la petite sauta à terre, plus intéressée tout à coup par les jeux des enfants de Basma qui l'appelaient que par la fin de l'histoire. Alors que je la regardais filer telle une étoile terrestre, Farida, assise à mes côtés, en train d'éplucher des légumes pour la soupe qu'elle préparait pour la fin du jeûne, laissant échapper un sourire, dit, sans quitter sa tâche des yeux : « Si tu venais avec nous, le jeudi, à la Bourse du travail. Tu pourrais nous aider à apprendre à lire et à écrire... » Ajoutant aussitôt d'un ton désarmant : « Tu n'as rien à craindre, nous sommes entre nous. Que des femmes du camp que tu connais. Anna Maria y vient aussi... » Je suis restée un instant frappée de surprise sur cette chaise rempaillée que Mohamed avait rapportée la veille, étonnée par la finesse de mon amie. Puis, j'ai levé les yeux vers elle. Découvert son regard baigné de confiance. Si différent de ceux qui m'avaient toujours avilie. Ce froid qu'il y avait sous leur lame. Ce froid qui m'avait tant de fois traversée par le passé. Ce froid que j'avais appris à supporter. Au point de ne rien montrer de la douleur qu'il m'infligeait. Comme on serre les dents et garde un visage impassible, le coup détourné de son but par la seule force de la volonté. Et j'ai pensé : *Voilà ! Elle t'a découverte*... Lui criant silencieusement : *Enfin !* La laissant lire en moi sans opposer de résistance. Lui donnant le pouvoir de me délivrer, sans qu'elle ait conscience de le faire. Ne retenant pas mes larmes. Lui prenant les mains, les portant à mon visage, et les embrassant.

Cette nuit-là, je n'ai pas fermé l'œil. Moi, seule, savais par où j'étais passée.

Belgodère, 1913. Je vais sur mes dix ans. J'ai l'allure frêle – ma taille restera toujours celle des manques et des privations de ma génération. Une longue natte qui tombe dans le dos, les cheveux noirs et le visage noiraud des bohémiennes, les yeux en amande dont nul ne sait me dire de qui je les tiens. On m'a envoyée chercher des pommes de terre au village. Je cours sur le sentier étroit, entre les bosquets de ronces, qui contourne les maisons, pour rejoindre la place centrale où se trouve l'épicerie. Je cours sans raison, comme les enfants le font parfois, pressés par je ne sais quoi qui les prend au ventre. Je cours, et dans ma course, je bute contre une racine levée par la sécheresse du sol, mon pied se vrille, m'entraîne dans la chute, et ma tête fouette au passage une branche épineuse. Je me retrouve fesses contre terre, ma jupe bleue couverte de poussière, mes mains égratignées. Je porte l'une d'elles à mon visage, à mon œil droit – sa brûlure soudaine. Je sens que quelque chose coule le long de ma joue. Je regarde avec étonnement le sang sur mes doigts. Comme si cette plaie n'était pas la mienne.

Le lendemain, j'attends mon tour chez le rebouteux, en haut du village. La queue des patients s'allonge devant sa porte. C'est la première fois que je m'y rends. L'homme soigne les gens comme les bêtes, les rhumes des foins comme les torsions de membres, les abcès purulents comme les maux de dents ou de ventre. Dans le village, on dit de lui que c'est un sorcier. Au fond de moi, j'ai terriblement peur, mais je ne veux pas le montrer, alors je joue la grande en faisant mine de rien.

L'homme reçoit dans sa cuisine. Il ressemble à un grand échalas, avec des sourcils broussailleux qui tombent sur des gros yeux qui vous déshabillent de la tête aux pieds. Il me fait venir près de la fenêtre, dans la lumière matinale. Se penche sur moi. Corbeau qui en voudrait à mes orbites. Je sens son haleine grasse, je vois les poils de son nez pointer de ses narines. Aiguilles noires. Il écarquille mon œil entre son pouce et son index, l'examine, appuie légèrement dessus, me tire une grimace de douleur, finit par relâcher la pression de ses doigts. Je cligne des paupières. J'ai la sensation que l'on vient de me jeter une poignée de sable dans les yeux. Il se tourne vers ses instruments posés sur un tissu blanc, sur le rebord de la fenêtre. Saisit une pince à épiler, pareille à celle dont se sert parfois ma mère adoptive pour tirer les poils qui duvettent le tour de sa bouche. M'intime l'ordre de ne pas bouger d'un cil. Reprend mon œil entre ses doigts – le bout courbé de la pince grossi tout à coup devant ma pupille. Et d'un geste aussi vif que précis, retire de ma cornée enflammée une minuscule pointe végétale qu'il dépose dans un haricot. Ma douleur s'apaise instantanément. Sur le moment, je lui en suis infiniment reconnaissante. Je voudrais l'embrasser pour le remercier. Il me fait asseoir à une table, s'absente un instant, revient avec un cahier à la couverture cartonnée qu'il me met sous les yeux. L'ouvre à la première page, m'ordonne sans élever la voix : « Mets ta main sur ton œil gauche. » Me montre comment m'y prendre en cachant le sien. Je m'exécute. « Voilà, comme ça, acquiesce-t-il. Lis maintenant ! » Je regarde devant moi, hébétée, la page légèrement jaunie, les caractères en grandes lettres. Je comprends ce qu'il me demande, mais je ne vois que des formes – leur déchiffrage impossible. Je force un moment ma vision, comme si quelque chose de magique allait advenir. Il m'observe, finit par réagir : « Tu n'y arrives pas ? » Je redresse la tête, le dévisage, incrédule. Il me rend mon regard, sans comprendre. Puis soudain, son visage s'éclaire : « Tu ne sais pas lire ? … C'est ça ?… Tu n'as pas appris ? » Je me répète mentalement ce qu'il vient de dire. Je pense à une maladie qu'on ne nomme pas, et contre laquelle on ne peut rien pour moi. Je pense au poitrinaire qui m'a précédée et dont je sais la fin qui lui est promise. Doucement, il me retire le carnet des mains auquel je m'accroche sans m'en rendre compte, me laissant perdue dans mes pensées. Se tourne à nouveau vers ses instruments. Humecte un carré de gaze d'un liquide qui sent l'iode, et l'applique sur mon œil meurtri, en le fixant avec deux morceaux de sparadrap. Je pose machinalement un doigt sur le pansement. Il me gronde : « *Ún tuccá !* » Ajoute : « Tu le garderas pendant trois jours. »

Je sors dans la lumière. Il est bientôt midi. Je le vois à la course du soleil, de mon œil valide. Devant la maison du rebouteux, la file des patients n'a pas désempli. Je la traverse en baissant les yeux. J'ai l'impression que tout se lit désormais sur ma figure.

Les nuits suivantes, je fais ce cauchemar… Quelqu'un dont je ne vois pas les traits tient fermement ma main, mon index posé sur le premier mot d'une ligne d'écriture que je ne parviens pas à déchiffrer. Je ne distingue que sa bouche grande ouverte. Gouffre sans fond. Il crie, ou tout au moins force sa voix, mais, étrangement, aucun son ne sort. Seule sa manière insistante m'encage peu à peu. Insensiblement, il accentue sa pression sur ma main et la rend douloureuse. Je me mets à pleurer, mais mes pleurs n'y changent rien. Bien au contraire, ils renforcent sa colère muette. Alors mes pleurs redoublent, sans que je parvienne à les calmer. Ils brouillent mes yeux, tachent la page, et rendent les caractères illisibles.

La main, finalement, desserre son étreinte, et rejette la mienne, d'un geste de dépit. Je me réveille, en nage, ma peau comme un linge glacé. Me recroqueville. Une boule de souffrance roule dans mon ventre. J'attends le lever du jour comme une délivrance. Alors je comprends contre quoi j'ai été jetée ce jour-là, sur ce sentier de pierres et de ronces. Réalité bien plus dure que le sol qui a meurtri mes mains. Vérité bien plus piquante que l'épine qui a abîmé la cornée de mon œil. Adversaire que je ne sais pas nommer. Capable de porter ses coups à tout moment, sournoisement. Ces coups en douce qui font si mal – leur douleur persistante. Ces coups contre lesquels je me sens désarmée, et dois à présent, coûte que coûte, me protéger.

Quelques jours plus tard, je rentre du village, sur ce chemin qui m'a vue chuter – mon œil désormais guéri, la gaze retirée. Je suis attirée par quelque chose qui scintille, sur le bord, entre les feuilles et les racines. D'un brun rouge luisant. Vernis patiné d'une peau. Je reconnais un magnifique scarabée rhinocéros. Son corps robuste, ses mandibules broyeuses, ses antennes flexibles, sa corne retournée vers le ciel. Aussi large que mon pouce, long d'une bonne phalange. C'est la première fois que j'en vois un aussi beau spécimen. Je me penche doucement pour tenter de le capturer, ma main ouverte, le reste de mon corps pris dans la lenteur du mouvement, évitant tout geste brusque pour ne pas l'effrayer. À quelques centimètres de lui, je creuse ma paume pour l'accueillir à l'intérieur – je ne doute plus un seul instant de pouvoir l'attraper, le cueillir comme une fleur – et au moment où je la referme sur lui, il ouvre ses ailes, et s'envole. Pied de nez à ma prétention. Je le regarde disparaître au-dessus des arbustes. Me revient le sourire que j'avais perdu les jours passés. Je sors un petit canif que je porte toujours sur moi. Je m'avance vers l'un des arbustes qui bordent le sentier. Entaille sa peau, comme on marque un jour d'une pierre blanche. Et dans l'insouciance qui s'enfuit déjà, je me fais à haute voix cette promesse irraisonnée : « Voilà ! Maintenant, je serai scarabée. »

Scarabée je le suis encore, la première fois où je passe la porte de la Bourse du travail, la gorge nouée, la bouche asséchée, les tempes battantes, accrochée au bras de Farida comme à une bouée, l'équilibre mal assuré, tel celui d'une enfant qui apprend à marcher.

Farida ne m'a pas menti. Nous ne sommes pas nombreuses. Que des femmes du bidonville, la plupart devenues mes amies. Parfois, notre nombre variera, d'une ou deux, au gré des semaines. Les hommes, eux, absents, au travail, certains déjà alphabétisés, d'autres pas – « Les enfants s'en chargeront plus tard », m'a dit Farida. La salle où nous nous trouvons est basse de plafond, mal éclairée. Aux murs, des affiches évoquent la révolution russe, le Front populaire. Au sol, contre les plinthes, des rouleaux de papier, des pots de colle, des tiges de bois, des pancartes où gondolent des slogans. Je pense à Paul-Dominique quand il militait encore. Toutes ces banderoles qu'il rapportait tels des trophées, ces bandes de tissu qui traînaient dans la chambre au milieu de nos affaires, avec ces mots peints. Salves de colère. Jusqu'au jour où il avait dit : « Ils m'emmerdent tous ! Qu'ils se débrouillent sans moi ! » Adieu les piquets, les porte-voix, et avec eux, les luttes et les combats. J'avais mis ça sur le compte de l'usine, des passe-droits en matière d'avancement au profit d'autres syndicalistes, qui lui étaient restés en travers de la gorge. Je l'avais entendu quelque temps marmonner, le soir en rentrant, dans cette barbe qu'il s'était fait pousser. Mais je n'avais jamais su le fin mot. J'avais juste retrouvé, quelques années plus tard, la carte du syndicat au fond d'une boîte à chaussures où on accumulait ce qui serait versé, tôt ou tard, à la poubelle.

Une table rectangulaire occupe le centre de la pièce, avec des bancs disposés de chaque côté. Toutes s'assoient sans attendre. Je les imite. Nous commençons à parler de choses et d'autres, comme devant les baraques, au bidonville. Anna Maria a apporté des *pasteis*, Warda du thé froid, Basma plaisante avec Zineb, Chaïma montre sa nouvelle robe qu'elle a marchandée chez le fripier. Tout contribue à me détendre.

Ce n'était bien entendu pas l'image que je me faisais d'une salle de classe. La seule école que j'avais connue, et qui avait nourri mon imagination, était celle de notre village. Elle se tenait dans une arrière-salle de la maison commune, aménagée pour la circonstance. Après les tâches ménagères, on m'y envoyait chaque jour où il y avait classe chercher mes frères. Le maître était notre garde champêtre. Entre deux travaux de police, il apprenait à lire, écrire et compter aux enfants que les familles lui confiaient. Autant dire que son cours se moquait allégrement du temps des horloges. J'arrivais parfois en retard. Mes frères patientaient en jouant devant l'entrée – chiens fous qu'ils étaient. Mais le plus souvent, j'étais en avance sur la fin de la leçon. Ces soirs-là, je me postais dans l'encoignure de la porte-fenêtre, à demi dissimulée par un des battants. Je suivais d'un œil attentif l'exercice en cours : calcul, lecture, écriture. Mes frères, eux, cherchaient ma présence, tournant la tête de temps en temps dans ma direction. Je taisais leur curiosité, l'index sur mes lèvres, leur promettant une maraude dans un des vergers, sur le chemin du retour à la maison.

Ce qui me fascinait le plus, c'était le moment où, du bout de sa craie, le maître traçait au tableau noir ces lettres qu'il attachait entre elles, les faisant naviguer d'un bout à l'autre de la ligne, sans qu'elles ne perdent ni leur grosseur ni leur rondeur. Anneaux membraneux d'une chenille. Je repensais alors à notre rebouteux, à ces lignes qu'il m'avait demandé de lire. Indéchiffrables, dansant sous mes yeux. Une fois la phrase au tableau, j'observais le maître poser sa baguette à son début pour diriger la lecture collective. J'écoutais les élèves ânonner chaque mot, accrochant leurs voix aux syllabes, comme aux ronces d'un tapis de broussailles. Je souffrais silencieusement avec eux. M'écorchais là où ils butaient – ma bouche s'ouvrant et se refermant comme la leur, avec un léger décalage. Eux lisaient, mal, mais véritablement, quand moi je répétais ce que j'entendais.

Il arrivait parfois que notre garde champêtre, appelé toutes affaires cessantes dans la commune, quitte le cours brutalement. Je laissais alors mes frères prolonger leurs jeux devant le bâtiment, et je m'introduisais à la dérobée dans la salle – je la savais, dans ces cas-là, jamais fermée à clef. Je m'assoyais à l'un des pupitres de la dernière rangée – le bureau tout à moi, le banc où m'étaler, la rigole creusée pour recevoir plumes et crayons où laisser courir ma main, le logement des encriers, en bout de table. Je caressais le bois veiné que le dernier rayon de soleil laquait. Puis je prenais les attitudes que j'avais observées chez les meilleurs élèves de la classe – le dos bien droit, les épaules en arrière, la tête relevée, les yeux dirigés vers le tableau noir, les sens en alerte, concentrée autant que nécessaire, prête à écouter la moindre consigne du maître. Mimais les tâches qu'il réclamerait tôt ou tard : lever le doigt pour répondre, lire la page du livre choisie, tremper sa plume dans l'encrier, écrire la morale dans le cahier ouvert à sa demande.

Un jour, j'avais senti une présence derrière moi. M'étais retournée brusquement. *U zoppu* – on l'appelait « le boiteux », il avait un pied bot dont les enfants se moquaient en le voyant passer – était là, à me regarder sur le seuil de la porte de la classe que j'avais laissée ouverte. J'avais croisé son regard insistant. Pensé qu'il avait compris la réalité de mon trouble. Irritée, je l'avais chassé d'un juron qu'il ne méritait pas. Il n'avait pas demandé son reste, et s'était éloigné rapidement, de cette marche désarticulée.

Plus tard, j'avais appris que c'était notre rebouteux qui avait tenté de l'appareiller, sans succès.

Au bout d'un moment, un homme entre, une besace autour de son torse. Il s'excuse d'avoir été retenu par son travail.

– On a l'habitude ! lance Farida sur le ton de la plaisanterie.

Lui, sourit.

– C'est Rose, ajoute Farida à son adresse, en me désignant.

– Bonjour Rose. Farida m'a prévenu de ta venue aujourd'hui.

– Bonjour monsieur, je réponds, un peu timidement.

– Pierre, si tu veux bien ! s'exclame-t-il. Et ici, on se tutoie...

Je hoche la tête en guise d'approbation.

J'ai tout de suite aimé son regard franc.

À l'époque, Pierre Chailan doit avoir une trentaine d'années. Je n'ai jamais su son âge exact. Un jour, il disait qu'il était né en 1928, un autre en 1929, le suivant en 1930. Il brouillait les pistes. Détestait les anniversaires. Il a encore un visage adolescent sous ses traits d'adulte. Porte une barbe clairsemée qu'il s'échine à faire pousser. Coiffe ses cheveux en arrière, le front haut dégagé. A déjà ce blouson noir que je lui verrai toujours par la suite. Mais ce qui me saute d'emblée aux yeux, c'est cette discrète croix chrétienne à son revers.

Il vient tout juste de quitter le sacerdoce, contraint par le Vatican de choisir entre son travail d'ouvrier – il est charpentier dans un chantier qui fabrique des coques pour la pêche, sur le port maritime – et l'exercice de la prêtrise. Plus tard, il me révélera ce qui a précipité sa démission… Le diocèse lui demandait de renoncer à son adhésion au Parti communiste français : « Ça a été la goutte d'eau ! J'aurais pu arrêter mon travail au chantier, reprendre l'exercice traditionnel du sacerdoce. J'ai failli le faire en 1954, quand ils nous ont limités à trois heures de travail par jour, mais remettre en cause mes convictions politiques, ça, c'était de trop. » Sur le moment, j'avais essayé de l'imaginer en soutane, son blouson noir et son jean de cow-boy rangés, portant chasuble et servant la messe entre deux anges blonds… Mais quelque chose clochait ! Comme une fausse note de Django jouant « Swing 42 ».

De curé, en fait, je n'en avais jamais connu d'autre que celui de notre village. Corbeau noir qui arpentait les rues, son missel à la main, caressant de l'autre nos têtes d'enfants. « N'oubliez pas de dire à vos parents de vous envoyer à la messe, dimanche », nous rappelait-il quand il nous croisait. Le mari de ma mère adoptive ne l'aimait pas beaucoup. Il disait de lui qu'il ne venait dans les maisons que pour profiter, au moment où l'on tuait une bête – un cochon ou une brebis.

Après ma visite chez le rebouteux, j'avais eu la mauvaise idée d'aller me confier à lui. J'avais besoin d'une oreille, d'une parole, de me libérer d'un poids qui me tordait violemment le ventre. Je m'étais tournée vers lui comme on finit par choisir une direction, sans trop savoir où elle vous mène. Il m'avait reçue dans l'office, au milieu d'un stock de provisions. On aurait dit qu'il prévenait un futur rationnement. Je lui avais raconté mon histoire. Avoué la honte qui me tenait en muselière. L'envie d'être comme les autres. D'apprendre, moi aussi. Il m'avait regardée par-dessus ses lunettes, avec cette commisération des oppresseurs que j'ai appris par la suite à reconnaître. Jeté à la figure son sermon. Giclée d'acide : « Mon enfant, le Seigneur t'a choisie pour ta pureté, pas pour t'abîmer dans les travaux de l'esprit. C'est un honneur qu'il te fait. Laisse donc ces tâches à tes frères, et retourne aux tiennes. Ta mère a besoin de toi, Rose-Marie. » Puis, il m'avait demandé de dire un *Notre Père*, chaque soir avant de me coucher. J'avais quitté l'office les yeux remplis de larmes. Passé précipitamment la porte de l'église. Et m'étais mise à courir au hasard des rues, comme un animal apeuré.

– Je vous propose qu'on reprenne l'histoire que nous a racontée Chaïma, la semaine dernière, dit Pierre. Est-ce que vous avez toutes recopié sur vos cahiers les phrases que je vous avais imprimées ?

Un chœur de « oui » résonne dans la salle.

– Parfait ! Qui veut lire ce qu'elle a écrit ?

Un long silence passe.

– Allez ! Qui se lance ? insiste Pierre.

Finalement, Farida lève la main.

– Farida, oui. On t'écoute.

Mon amie ouvre le cahier qu'elle a apporté, à cette page cornée qui lui sert de repère. Sur la feuille, on distingue quelques lignes, à l'encre bleue, écrites à grands traits et lettres démesurées qui la recouvrent presque entièrement. Nous nous sommes toutes tournées vers elle pour l'encourager. Elle se tient droite, concentrée, le regard fixé sur la page. Comme au bord de quelque chose. Le vide sous ses pieds, ou peut-être la surface de l'eau. Avant un saut ou une plongée profonde. Elle prend une dernière goulée d'air. Je vois sa trachée l'avaler en un clin d'œil. Et elle se lance… Commence à lire, détachant bien chaque mot, appuyant sur chaque syllabe de sa voix mélodieuse : « Chaïma voulait acheter de la semoule. Le marchand ne voulait pas la lui vendre parce qu'elle l'avait touchée, pour sentir son grain. Chaïma ne s'est pas laissé faire. Elle lui a répondu que lui, il allait bien toucher son argent à elle, avec ses mains. Alors le marchand a cédé. Chaïma est repartie avec son sachet de semoule. »

Farida relève la tête, son regard rempli de bonheur. Toutes, nous sommes gagnées par un sentiment de fierté, comme si nous venions de lire avec elle. Habitées par la même force. Grandies dans la même épreuve. Et moi, je suis là, n'osant un geste, les yeux brillants, touchée au cœur – ma peur vaincue.

À la fin septembre 1958, il y a eu ce référendum demandant aux Français de ratifier le projet de constitution posant les fondements de la Cinquième République. Le « oui » l'a emporté en métropole à une grande majorité, le score de l'autre côté de la Méditerranée encore plus écrasant. De Gaulle s'est félicité de « ces trois millions et demi d'hommes et de femmes d'Algérie, sans distinction de communauté et dans l'égalité totale, venus des villages de toutes les régions et des quartiers de toutes les villes apporter à la France le bulletin de leur confiance ». Pierre Chailan, lui, a ironisé : « C'est l'armée qui a fait voter l'Algérie dans les bleds. Ce pays joue la concorde, mais continue à prendre les Algériens de souche pour des indigènes, incapables de décider eux-mêmes de leur avenir. »

Dans le bidonville, le résultat a été passé sous silence. La plupart de ses habitants ne se sont pas rendus aux urnes, respectant la consigne de « là-haut », m'a dit

Farida. Ceux qui ne l'ont pas suivie se sont bien gardés de le faire savoir.

Paul-Dominique, lui non plus, ne s'est pas déplacé. Il a fait mine de découvrir le vote devant le poste, prétextant qu'il attendait la diffusion du gala de catch du dimanche soir. « Ça ou autre chose, en attendant... », avait-il dit. Je n'y ai pas cru. J'étais convaincue qu'il était parfaitement au courant de la tenue des élections. Qu'il avait allumé la télé à dessein, pour en suivre le résultat. Mais il avait atteint un tel rejet de la politique qu'il en arrivait à composer comme il pouvait avec son dégoût.

Le catch, c'était sa deuxième marotte, après le turf. Roger Delaporte, L'Ange blanc, René Ben Chemoul, Bob Plantin, Pierre Lagache... J'avais fini par retenir les noms de ceux qui faisaient le spectacle – toujours les mêmes : des râblés, des musculeux, des faux tigres à la peau lisse. On aurait cru qu'ils sortaient tous d'un moule identique. Quand de ma cuisine j'entendais la voix de Roger Couderc, le commentateur, je savais que Paul-Dominique se redressait dans son fauteuil, pris par le spectacle, comme un môme à qui on raconte une histoire fabuleuse. « Là au moins, on nous prend pas pour des cons ! répétait-il. Tout le monde sait que c'est truqué... » Et puis, il y avait ces salles parisiennes : le Vel d'Hiv, l'Élysée Montmartre, le Cirque d'Hiver, qui m'avaient donné un temps des rêves de capitale, avant d'être abandonnés sur l'oreiller.

Pour mon deuxième cours d'alphabétisation, j'avais acheté un cahier d'écolier à Priséco, sur le boulevard, tout excitée à cette idée. C'était la première fois que je faisais pareil achat pour moi-même. Il y en avait tout un tas, mis en piles dans un rayon. Des grands, des petits, des à carreaux ou avec de simples lignes qui donnaient envie de les noircir. J'étais restée un long moment à les ouvrir et à les retourner dans tous les sens. Je m'étais finalement décidée pour un format moyen pouvant tenir dans mon sac à main, couverture jaune, papier vélin blanc neige. Sur le dessus était dessiné un athlète bandant un arc. « C'est Héraclès, m'avait dit Pierre en découvrant le cahier. Un héros grec, célèbre pour son courage et sa générosité, détournant le mal, et agissant pour le bien des hommes. » C'était exactement ce qu'il me fallait. Quelqu'un sous la protection duquel me placer.

En rentrant, j'avais rangé le cahier dans une des niches du lit cosy, histoire de l'avoir à portée de main. Il avait fallu quelques jours à Paul-Dominique avant de s'apercevoir de sa présence.

– C'est quoi ce cahier ? avait-il dit.

J'avais traduit sa question.

– C'est à moi.

– À toi ?

– Oui, à moi !

– Mais pour quoi faire ?

– Parce que j'en ai besoin.

Il avait pris un air incrédule.

– Je prends un cours tous les jeudis pour apprendre à lire et écrire, si tu veux savoir.

– Ah !

Ce fut son dernier mot à ce sujet. Une simple interjection, spontanée, la bouche à demi ouverte. Marquant un point final.

J'avais également acheté deux de ces nouveaux stylos dont j'avais entendu parler, avec leur pointe bille, leur cartouche taille mannequin dans un tube transparent, leur capuchon en forme de cornet, et leur variété de couleurs. Bic, c'était leur nom, gravé dessus. Je les trouvais rigolos. Le magasin faisait un rabais, alors j'en avais pris un bleu et un rouge. Ça avait fait réagir Pierre.

– Pourquoi un rouge ? m'avait-il demandé.

– Pour corriger, avais-je répondu.

J'avais entendu un jour sur Paris Inter que le rouge servait à ça, « à corriger les fautes ». J'avais cru bien faire.

Il avait pris délicatement le Bic entre ses doigts, comme s'il s'était agi d'un tube de poison.

– Le rouge, c'est seulement pour les maîtres. Ici, il n'y a pas de maître. On apprend tous ensemble… Tu peux parfaitement corriger dans la même couleur.

Le cours se déroulait toujours de la même manière. L'une de nous racontait une histoire récente qui lui était arrivée. Ou plus ancienne qui lui tenait à cœur. Nous l'écoutions en silence. Puis, Pierre la résumait en quelques lignes qu'il nous lisait. Il nous demandait ensuite si nous étions d'accord avec ce qu'il avait écrit, s'il n'avait pas trahi ce qui avait été raconté. Nous en discutions, parfois un long moment, avec comme seule consigne de ne pas couper la parole à celle qui s'exprimait. Ensuite, Pierre recopiait l'histoire sur une feuille, la reproduisait avec le duplicateur à alcool qui servait à imprimer les tracts à la Bourse du travail, nous distribuait à chacune un exemplaire. Et nous repartions avec la consigne de recopier à notre tour l'histoire sur nos cahiers, pour le jeudi suivant où l'une de nous la lirait à voix haute.

C'était sa méthode : nous donner la parole que personne ne nous avait encore accordée. Puis en faire le matériau d'écriture et de lecture. Il appelait ça le « vécu ».

Du « vécu », entre toutes, on en avait à revendre. Des malles entières qu'on transportait sur nos dos depuis qu'on avait mis un pied devant l'autre sur nos chemins accidentés. Des malles qu'on avait remplies à ne plus savoir qu'en faire, pleines de nos histoires du quotidien. Des histoires de départ, de retour, de joie, de peine. Des histoires de vent, de mer, de sable, de maquis, de grand beau ou de froid à pierre fendre. Des histoires qu'on n'avait racontées à personne. Des histoires dont parfois on ne se souvenait plus nous-mêmes. Enfouies dans nos malles à souvenirs. Empilées les unes sur les autres. Vêtements oubliés.

C'était ça qu'il voulait, Pierre… Qu'on fasse sauter le couvercle ! Qu'on y plonge nos mains, comme des gamines qui voudraient attraper tout ce qui leur tomberait sous les yeux. Qu'on tire nos histoires de l'oubli, semaine après semaine, avec nos mots, notre courage. Qu'on n'ait plus peur de les étaler au grand jour.

On était loin du b. a.-ba dont mes enfants avaient été instruits. Des leçons sous la dictée. Du par cœur. Des règles qui montrent et des doigts qui se dressent. De la craie qui crisse sur le tableau noir dans un silence de cathédrale. Du ton solennel des morales. Loin de la discipline des maîtres, et de leurs visages secs.

Un jour, dans un des tiroirs du lit cosy, j'avais retrouvé le manuel avec lequel Nonciade avait appris à lire. Il mettait en images un garçonnet, Toto, et une fillette, Lili, dans des scènes de leur vie d'enfants. Des phrases courtes les résumaient, en guise d'exercices de lecture. On insistait sur les sons et les syllabes à retenir. Je l'avais apporté à Pierre, curieuse de savoir ce qu'il en penserait. Il avait commencé à tourner les pages, avec un intérêt relatif. Puis il s'était arrêté sur l'une d'elles. On y voyait Toto tirant un cheval sur roulettes avec, à côté, une voiture à bras prête à être attelée. *Toto a un cheval. Toto a une voiture*, était-il écrit à destination du jeune lecteur. Sur la page suivante, Lili, une poupée au bras, s'apprêtait à la coucher dans un berceau. *Dodo, la jolie poupée. Lili a une poupée. Le lit de la poupée,* pouvait-on lire dessous.

Pierre avait refermé le manuel. Il me l'avait rendu avec ce sourire en coin qu'il prenait parfois quand son esprit critique le commandait. Un instant, j'avais cru qu'il n'en dirait pas davantage. Que l'expression de son visage suffirait à exprimer le fond de sa pensée. Puis il avait posé un index accusateur entre mes mains, sur le dos de la couverture, et dit :

– Avec cette méthode, on n'apprend que la soumission.

À partir de l'année 1959, aucun des « événements » qui se déroulèrent en Algérie, et par ricochet en métropole, ne passa pour moi sous silence. J'eus l'impression que la moindre explosion résonnait à mes oreilles grandes ouvertes.

Pour la première fois, je découvrais la guerre de loin, à la lisière des hommes qui la faisaient. Je me tenais informée. J'écoutais France 1 qui avait remplacé Paris Inter. Je cherchais à savoir, à comprendre… Son théâtre d'opérations, son déroulement, ses protagonistes, sa propagande, ses sigles unissant ou opposant les camps : FLN, MNA, ALN, FMA, FPA. Ses actions dont je me demandais qui les perpétrait : embuscades, attentats, représailles, interrogatoires, tortures. Ignorant les peurs et les souffrances. Anonymant les corps et effaçant les victimes.

Le soir, quand Paul-Dominique « allumait pour les informations », je cessais sur-le-champ toute activité, et devenais captive de l'écran. Lui ne s'en étonnait plus, tout juste tournait-il légèrement la tête pour se rendre compte de ma présence, avant de reprendre le cours de « son journal ». Je prenais des nouvelles de ce qui se passait là-bas, sur ce front indéfinissable, aussi mouvant que les paysages alentour. Pierre m'avait prévenue : « La propagande de l'État français. Rien d'autre ! » Mais j'avais besoin de voir, de fixer sur ma rétine quelque chose. Des images, des scènes. Celles des convois d'appelés prêts à embarquer, à Marseille, sur les quais de la Joliette – jeunes hommes aux visages indifférents, attitudes faussement détachées, certains assis sur leurs paquetages, fumant ou jouant aux cartes, quelques-uns, l'allure indolente, banane de rocker, esquissant quelques pas, à croire qu'ils partaient danser le twist sur les plages d'Alger. Ces bateaux, derrière eux, qui les attendaient – coque noire, panache blanc de fumée, leurs noms ensoleillés : *Ville d'Oran*, *Sidi Bel Abbès*, *El Mansour*, *Sidi-Mabrouk*. Images, encore, des villes portuaires de l'autre côté de la mer : façades blanches, rues bondées, cafés en terrasse sous le soleil, hommes et femmes de type européen attablés, leurs mines insouciantes tranchant avec la violence bruissant à deux pas, pressés de prendre du bon temps, entre crainte et légèreté. Images si loin des témoignages que m'avait rapportés Pierre, la première fois où nous avions évoqué la guerre d'Algérie – il les tenait d'appelés revenus des djebels, après deux années de service obligatoire… Leurs ciels de plomb, leurs chemins creusés, leurs maisons de pierre et d'argile, leurs habitants rassemblés sur les places par l'armée française, leurs enfants hébétés à leurs pieds. Les soldats tout autour, telles des mouches collées à un troupeau apeuré, leurs fusils pointés, cherchant à crever les poches de résistance. J'avais appris les noms par lesquels ils désignaient l'ennemi : *fellagas*, *fellouzes*, *fells*.

Cette guerre ne ressemblait en rien à celles que j'avais connues. Ni à celle qui avait emporté la plupart des hommes de mon village. Ni à celle qui m'avait infligé dans la chair une de ces blessures qui ne cicatrisent jamais.

De la première, la Grande Guerre comme on l'appelait, longtemps je n'ai rien su. J'avais passé ces quatre années meurtrières à me débattre, comme je le pouvais, avec la vie qui était alors la mienne. Je n'avais qu'une idée en tête : quitter dès que je le pourrais ma famille adoptive. Je me souviens que quand j'avais tourné à l'angle de la maison des Volpéi, au bras de l'homme qui m'avait choisie, j'avais ressenti un immense soulagement. J'étais enceinte de François. Le ciel était bas ce matin-là. Mais au fond de moi, une menace s'éloignait.

Je n'ai pris la mesure de l'ampleur des pertes et des souffrances qu'à la première commémoration de l'armistice, le 11 novembre 1922. Ce jour-là, presque tout le village était réuni sur la place où le maire avait fait ériger un monument à la mémoire des hommes du village « Morts pour la France ». J'accompagnais Paul-Dominique pour la première fois depuis notre mariage. J'avais laissé Camille à notre voisine. François se tenait comme un santon près de moi. Et je portais Bernard qui pesait comme un poids mort dans mon ventre. Paul-Dominique avait compté vingt-deux noms gravés sur la pierre. Devant nous la femme du boulanger pleurait son jeune frère. Je l'avais bien connu. Il aurait pu me plaire – les traits fins, les yeux bleus, la moustache en guidon. Je m'étais demandé quelle était son année de naissance. J'avais hésité entre 1892 et 1893, avant de me rendre compte que c'était aussi l'année de naissance de mon mari, et que lui n'avait pas été mobilisé. Je m'étais tournée spontanément vers lui, et j'avais croisé son regard. Je l'avais senti gêné. Le lendemain, il avait voulu me donner une explication. Quand au mois d'août 1914, la grande mobilisation avait eu lieu, il était en montagne depuis le début du printemps, pour la transhumance. Son père lui avait interdit de redescendre – il était même allé jusqu'à dissimuler aux gendarmes venus de Bastia la présence de son fils. Puis la Grande Guerre l'avait oublié, miraculeusement.

Notre maire avait pris la parole. Il avait rendu hommage aux disparus. Parlé de leur sacrifice pour notre liberté. Dit le rôle qui nous revenait désormais, à nous les femmes en âge de procréer, de repeupler le village. Puis un jeune homme que je n'avais jamais vu s'était avancé au pied du monument. Je lui donnais à peine vingt ans. Il était vêtu d'un habit de fantassin, et portait un képi de toile bleue. Sa manche gauche pendait inerte le long du vêtement. Il tenait dans sa main droite un clairon. Il avait collé ses lèvres à l'embouchure, et commencé à jouer. C'était la première fois que j'entendais la sonnerie aux morts.

Quand la Seconde Guerre a éclaté, j'étais comme un petit animal pris dans les phares d'une automobile. Je passais mes journées, sans vraiment me rendre compte de ce qui se déroulait. Comme si je ne pouvais jamais être atteinte. Il y avait bien les déplacements que l'on limitait un peu, le rationnement avec lequel il fallait composer. Mais Paul-Dominique se débrouillait, il nous rapportait de quoi vivre. François et Camille étaient devenus des hommes sur lesquels on pouvait compter. Et puis, Nonciade était ma joie. Elle éclairait chaque instant de ma vie, les rendait légers et insouciants.

Notre vie a basculé le 27 novembre 1942 quand les Allemands ont envahi Toulon, et que la darse s'est enflammée. À partir de ce jour, je n'ai plus vécu qu'au son des alertes et du sifflement des bombes, le dos courbé sous la voûte des abris. La nuit, un refrain chantait dans ma tête : *Heidi, Heido, Heida* – accompagné par un bruit de bottes. Je n'ai su que plus tard qu'il ne s'agissait que d'une chanson à boire, comme nous avions en France « La Madelon ».

De ce temps, j'ai gardé en mémoire deux épisodes entourant la mort de Nonciade.

Le premier, quelques jours après le début de l'occupation de la ville. Une division blindée de l'armée allemande circulait sur l'avenue du Port. Elle roulait en parade le long du quai. Nonciade et moi nous trouvions là, par hasard, au milieu d'autres curieux, à regarder passer les véhicules d'acier flambant neufs. Tout à coup, un énorme choc s'était fait entendre, à quelques mètres derrière nous, en fin de convoi. Nous nous étions retournées subitement. Un side-car s'était encastré dans un lampadaire qu'il venait de percuter de plein fouet – la moto compressée, le conducteur éjecté, le panier, lui, ouvert en deux par le milieu, son passager inanimé, le visage ensanglanté, la tête basculée contre la carcasse. On aurait cru qu'il priait. J'avais tiré Nonciade par la manche pour ne pas nous attarder, de peur de représailles. Et pensé, sur le moment : *Bien fait pour lui !* Nous étions rentrées chez nous, l'image à mes trousses – ma honte, bien des années plus tard, de cette pensée déshonorante.

Le second, après le débarquement en Provence, fin août 1944, notre ville encerclée par les troupes françaises, les soldats allemands pris au piège dans les casemates environnantes. Nous habitions, pour peu de temps encore, la maison de Vert Coteau. Une patrouille de tirailleurs sénégalais avait fait une halte dans le champ, de l'autre côté de la voie ferrée. Avec la voisine, nous allions les ravitailler en eau et en nourriture. L'un des soldats s'était approché de moi. Il paraissait très jeune. Des traits de gamin. Un regard halluciné qui semblait rougeoyer du sang de ses victimes. Il m'avait montré l'arme qu'il tenait dans sa main. Désigné les bouteilles arrimées à son dos. C'était la première et la dernière fois que je voyais un lance-flammes. « On vous a vengée, m'dame ! On les a tous grillés comme des rats. » J'étais restée figée, comme brutalisée. Une odeur de brûlé était montée instantanément à mes narines. Lui ne bougeait pas. Attendait-il une parole de ma part ? Je l'avais supposé. Alors je l'avais remercié, du bout des lèvres, la gorge nouée. Puis regardé rejoindre sa troupe d'un pas alourdi par son matériel, ma main sur mon bas-ventre. Là où la déchirure ne s'est jamais refermée.

Automne 1959. Un an déjà que je suis le cours d'alphabétisation – j'accroche moins les mots à la lecture, leur sens ne me file plus autant qu'avant entre les doigts, et les lettres se forment mieux sous la dictée. Je sais qu'il me faudra encore un peu de temps avant de lire couramment. D'écrire comme je le veux. De déposer là, sur la feuille, ce qui me passe par la tête. Chaque fois que je constate un progrès, je tire, en secret, un trait sur une échelle de zéro à vingt, à la fin de mon cahier. Pareil à ce que je faisais, gamine, sur le bois de la remise, pour mesurer la progression de ma taille.

Souvent, je m'attarde après la séance. Je laisse Farida et mes amies rentrer sans moi au bidonville, pour discuter avec Pierre quand il en a le temps. Je m'intéresse aux exercices qu'il nous propose, à sa façon de nous faire progresser. Je lui parle du *Petit Var* que j'essaie de lire le matin quand Paul-Dominique part à sa « baraque ».

Du journal que je tiens tant bien que mal. Des listes de mots que j'y recopie, le soir, avant de me coucher. Des phrases qui naissent parfois, comme des apparitions. De cette joie sans égale que je ressens alors. Lui me parle de Célestin Freinet, cet instituteur dont il s'inspire pour nous apprendre à lire et à écrire, de la pédagogie active qu'il revendique, de John Dewey, de Decroly, du mouvement de l'éducation nouvelle dans lequel il se reconnaît, de Paulo Freire dont il admire le travail d'alphabétisation des populations marginales au Brésil. Autant de noms, de références qui claquent sous sa langue. Vents du large. Un jour, il me dit : « La lecture et l'écriture ne peuvent pas être des outils culturels de domination. » Un autre : « Elles doivent être des instruments de libération. » « Comprends-tu, Rose ? » insiste-t-il parfois. Je lui souris en guise de réponse. Pense : *Oui je comprends Pierre ! Au-delà de ce que tu crois.*

De temps en temps, il se défait de son habit militant. Raconte son enfance à Castellane dans les Alpes de Haute Provence : les falaises calcaires et l'impétuosité du Verdon comme terrains de jeux. Sa mère emportée par la tuberculose. Son père médecin qui, de dépit, ferme son cabinet pour élever des chèvres et vendre des fromages sur les marchés. Lui, jeune homme, qui rejoint la prêtrise. « Pour sauver quoi ? Pour sauver qui ? » se demandera-t-il, sans apporter de réponses. « Avant de revenir au réel. Aux combats d'aujourd'hui où je me sens plus utile », conclura-t-il. De mon côté, je lui raconte la Corse, la vie dure, le départ, l'installation à Toulon. Parfois la conversation devient plus légère. Il sait que j'aime la chanson, le jazz – son swing qui fait tourner les têtes. Il m'apporte des disques : Trenet, Brassens, un petit nouveau du nom de Bobby Lapointe, Boris Vian, son préféré, mort quelques mois plus tôt – « lui, il renversait les tables avec humour et impertinence », m'avait-il dit en me faisant écouter « La java des bombes atomiques » et « La complainte du progrès ».

J'ai toujours gardé précieusement les deux 45 tours qu'il m'avait donnés.

Ce soir-là, je suis restée corriger quelques phrases écrites la veille dans mon cahier. Pierre, lui, ronéotype dans la pièce d'à côté. Au bout d'un moment, il revient avec une pile de tracts dans les mains.

– Puisque tu es encore là, tu peux m'aider à les plier… Avec les camarades, on va les diffuser ce soir.

Tout en pliant, je déchiffre ce qui est écrit en gros caractères : *Solidarité avec les soldats du refus !* Puis dessous, en plus petits : *Nous demandons la libération immédiate des soldats emprisonnés. La prison ne résout pas le drame de conscience de ces jeunes.*

Je demande :

– Qui sont les soldats du refus ?

Un instant, Pierre demeure silencieux – il m'avouera plus tard avoir hésité à m'impliquer. Puis il sort de sa besace un tract des Jeunesses communistes. Je découvre le portrait de trois-quarts d'un jeune soldat, visage souriant, éclairé comme celui d'un communiant, le titre au-dessus : *Un jeune soldat vous parle*. Suit une longue lettre, adressée au président de la République, commençant par cette phrase : *J'ai l'honneur de vous informer de mon refus de porter les armes contre le peuple algérien.*

– Ce sont tous des camarades, dit Pierre. Des communistes, des chrétiens, ou d'autres. Qu'importe ! Nous les soutenons tous sans exception ! L'État français les considère comme des déserteurs. Mais pour nous, ce ne sont pas des hommes qui tournent le dos à leurs responsabilités. Au contraire ! Ils refusent simplement de se battre, en conscience, contre d'autres hommes qui luttent pour leur indépendance.

Pierre ouvre à présent, en page intérieure, une édition de *La Défense*, le journal du Secours populaire français, que je lui ai déjà vu plusieurs fois entre les mains. Me montre la photo de ce qui ressemble à un camp retranché, ses barbelés et ses hautes murailles dressées.

– C'est là qu'ils les enferment... Ils prennent deux ans. Deux ans pour le service qu'ils ne veulent pas faire.

Il se lève d'un bond. Fait quelques pas dans la salle, le visage durci, sa colère palpable. Se retourne vers moi.

– Cette guerre est absurde. Elle est fille de celle d'Indochine. Menée par des militaires et des politiques qui n'ont pas digéré le fiasco de Diên Biên Phû. La France en Algérie est un État colonial. Ce pays doit avoir son indépendance. Tant qu'elle ne lui sera pas donnée, il est légitime que les patriotes algériens la prennent par les armes, puisqu'on leur oppose la force. Uniquement la force ! Pour nous, le meilleur moyen de les soutenir, c'est de refuser de dresser nos armes contre eux.

Brandit un poing, l'abat dans le vide.

– Je peux t'assurer que si je suis rappelé, je refuserai d'y aller. Je ferai de la prison, s'il le faut, mais je n'irai pas tuer des Algériens.

Se rassoit enfin.

– Tu sais, Rose, la guerre, c'est juste une sale loterie.

Je réponds :

– Je sais.

Me revient alors en mémoire la dernière parole de cette chanson que j'entendais souvent, quelques années auparavant, sur les ondes de Paris Inter, chantée par Yves Montand : *Quand un soldat revient de la guerre, il a simplement eu d'la veine et puis voilà...* Je ferme les yeux. Murmure : « Et puis voilà ! »

Les mois passaient. Dans le bidonville, plus rien ne filtrait. Plus le conflit s'enlisait, plus son dénouement devenait incertain, plus il était tu.

Je craignais pour Farida et mes amies, pour leurs familles. Chaque fois que je les retrouvais devant les baraques ou au cours du jeudi, je ne pouvais m'empêcher de chercher, derrière leurs apparences, les signes de ce qui les rongeait. Je scrutais leurs visages, j'observais leurs attitudes, détaillais leurs gestes, guettais leurs paroles. Je savais Farida inquiète pour Messaoud, là-haut à Nanterre. J'avais compris qu'il était bien davantage qu'un simple travailleur. Que son engagement avait pris d'autres proportions ces derniers mois. J'avais entendu dire que le bidonville de La Folie était surveillé comme le lait sur le feu. Que la police y faisait régulièrement des descentes. Qu'elle cherchait à briser les solidarités, étouffer les rébellions, couper les communications. J'avais bien tenté d'en parler, une ou deux fois, avec

Farida, mais elle avait balayé le sujet, en sautant sur un autre, plus léger.

En apparence, rien dans le quotidien de mon amie n'avait changé – les mêmes tâches assumées sous son toit de fortune, entre ces quatre murs promis à l'effondrement, son homme, le soir rentrant du travail, avec les mêmes traits de fatigue sur son visage, le même silence révélateur. Je la regardais, mais je lisais dans ses yeux la peur du lendemain. Une seule fois, elle m'avait lâché quelques mots, tombés au bout de la lassitude : « Là-bas, les Français veulent garder notre terre pour eux, et ici, ils ne veulent pas de nous. Que veux-tu que l'on fasse de ça ? »

Et puis, il y avait l'opinion dans la ville, tendue comme un arc. Les âmes grises et leurs regards de travers, les paroles suintant la bêtise et l'ignorance. Dans certains lieux, on tirait à brûle-pourpoint sur tout ce qui de près ou de loin avait le teint basané. J'avais d'ailleurs dit à Paul-Dominique que je ne me servirais plus chez Quaranta. « Tu peux y aller toi-même si tu veux », lui avais-je déclaré un soir en posant la bonbonne vide devant lui sur la table. Je ne supportais plus les propos aigris du vieux – ces relents rances de vieille France qu'il distillait en revendant sa piquette. J'avais de la peine pour Martha, sa fille – elle, au milieu de ces barriques de bois, dans cette cave qui sentait la vinasse, la figure pâle, le chignon mal fait, la robe de deuil qui ressemblait à celle que j'avais portée un temps, le père Quaranta, sangsue toujours sur son dos.

François, également, un jour, lors d'un de ses rares passages à la maison, s'était laissé aller en paroles – la langue râpeuse, sans chercher à retenir ses mots. Je venais de rentrer, le soir tombé. Il était là, dans la cuisine, à boire un verre avec son père. Il s'était levé pour m'embrasser. Il avait attendu que j'ôte mon manteau, me retourne pour le suspendre à la patère, pour me lancer lâchement : « Je ne comprends pas pourquoi tu t'intéresses tant à ces bougnoules… » Je m'étais retournée brusquement. L'avais fusillé du regard. Le rouge lui était monté aux joues. Il avait bafouillé, cherchant à se sortir d'un piège où il s'était fourré tout seul : « De toute manière, on n'a qu'à leur laisser une bonne fois pour toutes ce pays… Là-bas, il paraît qu'il n'y a que des pierres et des chèvres. » Ma réponse avait cinglé : « C'est ce que certains disaient aussi en parlant de là où nous sommes nés… » Il avait baissé les yeux. Paul-Dominique, lui, était resté muet. Puis je les avais abandonnés tous les deux à leur lâcheté. Filant dans la chambre faire mes lignes journalières sur mon cahier d'exercices.

Bien des années plus tard, François a voulu, une fois, soutenir la cause d'une de ces femmes que j'assistais alors dans mon travail auprès des réfugiées. Je l'ai laissé m'accompagner, un jour, dans un centre de rétention.

Je l'ai vu se décomposer au fur et à mesure de ce qu'il découvrait. Ses lèvres qui s'asséchaient, la sueur au front et au cou, sa façon de danser d'un pied sur l'autre, pris de l'envie pressante d'en finir : tout témoignait du malaise qu'il n'arrivait plus à contrôler. Il était cet insecte cherchant une issue dans un vase clos, rebondissant contre les parois translucides de sa prison. Au bout de quelques heures, je l'ai incité à rentrer. Sur le moment, il a refusé, droit dans ses bottes, sa fierté mise à mal. J'ai insisté, comme lorsqu'il était enfant, quand je le tançais parfois au village. Et il a finalement cédé, me remerciant.

Vendredi 14 juillet 1961 – la date gravée dans ma mémoire. Il est encore tôt. Paul-Dominique est sorti acheter le *Paris-Turf* du jour. Les premières chaleurs montent derrière le volet de la cuisine. J'ai croisé les persiennes. Un film de poussière danse dans l'unique rayon qui traverse la pièce. Je termine mon café, ma tasse entre les mains, assise à cette table où j'ai l'habitude d'accomplir ces tâches quotidiennes dont j'ai longtemps pensé qu'elles m'incombaient. Je pose mes yeux sur le dernier exemplaire de *La Défense* que Pierre m'a donné la veille. Je découvre cette lettre adressée à de Gaulle par le Secours populaire français, dont il m'a parlé. Je commence à lire : *Monsieur le Président de la République, en France et dans le monde entier, la prise de la Bastille par le peuple de Paris, le 14 juillet 1789, est considérée comme une étape décisive dans la conquête des libertés républicaines. Aussi, est-il de tradition qu'à l'occasion de ce glorieux anniversaire, le chef de l'État, usant de son droit de grâce, prenne des mesures de clémence et prononce la libération d'un certain nombre de détenus.* Suit un appel à l'amnistie pour les soldats du refus encore emprisonnés, les hommes et les femmes poursuivis pour avoir réclamé la paix en Algérie, les détenus algériens, les condamnés à mort encore au supplice de l'attente.

Ma lecture achevée, je fixe des yeux le journal avec cet air vague d'incompréhension. Quelques secondes s'écoulent, avant que je me rende compte de ce que je viens de faire... Lire, sans heurt ni anicroche. Saisir les mots, les phrases, leur sens. Comprendre le texte dans sa totalité. Ma main tremble un peu. Je repose lentement ma tasse sur la table. Un temps, je reste figée dans l'accomplissement du moment. Me traverse une crainte que je ne peux réfréner. Celle que tout me soit repris. D'un seul coup. Comme au jeu de hasard tout perdre en une seule mise. Je sais, c'est irrationnel. Nul ne peut plus, à présent, me retirer ce pouvoir. Ni le curé de mon village, ni le rebouteux, ni tous ceux qui m'ont fait un jour baisser les yeux. Cette langue, je la tiens désormais entre mes mains. Elle est mienne. Elle est ma voix, mon arme, ma constitution. Autant que la couleur de mes yeux, la broussaille de mes cheveux, ma peau perlée de grains de beauté que ma mère, fille de misère, m'a données ce jour de gel, sur ce lit putride, dans cette cabane ouverte à tous vents, sous le regard complice de Vieille fille. Je lis. Et bientôt, j'écrirai. Scarabée, je ne suis plus. Une larme coule le long de ma joue. Son sel à mes lèvres. Je pense à Nonciade… Je donnerais tout en cet instant pour qu'elle me voie relever la tête.

En deux années, les visages de Jean Le Meur, Pierre Guyot, Alban Liechti, Jean Clavel, Jean Vendart, et bien d'autres qui refusaient de prendre part à cette guerre, m'étaient devenus familiers. Autant que les noms de certains endroits où ils étaient emprisonnés : la prison de Lambèse dans les Aurès, celle de Casabianda en Corse, le bagne militaire de Timfouchi aux confins du Sahara occidental – lieux hautement symboliques d'une France jusqu'au-boutiste, bouffie d'orgueil, prête à tout pour plier les consciences à sa loi coloniale.

Dans le sillage de Pierre, je militais pour que tombent ces bastilles. Que tous les soldats du refus soient libérés sans condition, et que la guerre s'arrête au bord du précipice qu'elle tutoyait depuis déjà trop longtemps. Je signais à sa suite. Je soutenais les mêmes combats : signataires du manifeste des 121, militants pour la libération des porteurs de valises du réseau Jeanson. Je lisais avec boulimie les articles qu'il faisait paraître dans *Voies nouvelles* et *La Défense* où il dénonçait la conduite de l'État français, les politiques qui retardaient l'indépendance de l'Algérie. Pour la première fois, j'avais la conviction de participer à quelque chose de plus grand que moi. De me sentir utile. J'avançais sans peur. Je me laissais porter par ce Mouvement de la paix auquel j'adhérais sans retenue.

Le soir, je restais jusqu'à tard à la Bourse du travail. Il y avait là tout ce que la guerre comptait d'opposants : membres de la jeunesse ouvrière chrétienne, militants du mouvement Jeune Résistance, responsables du Secours populaire français, prêtres ouvriers réduits à l'état laïc. Je cherchais à comprendre. J'écoutais les militants de longue date débattre. Ceux qui s'étaient engagés contre la guerre d'Indochine. Ceux qui en connaissaient long comme le bras sur l'histoire de la colonisation.

Jean était de ceux-là – lui plus âgé que la majorité d'entre tous, de dix ans mon aîné. Pierre me l'avait présenté, à l'issue d'une réunion à l'occasion de la parution du livre *Le droit à l'insoumission*, *le dossier des 121* auquel il voulait donner l'écho le plus large. Ancien prêtre-ouvrier, comme Pierre, compagnon de route du Parti, Jean avait un passé d'opposant qui forçait le respect. Prêtre à Monaco sous l'Occupation, il était connu pour ce sermon lors duquel il avait dénoncé avec violence le film allemand *Le Juif Süss*, projeté dans la Principauté, avant d'être privé de sa paroisse et chassé du territoire par les autorités monégasques. Sans s'imposer, il était fer de lance, et sa voix écoutée.

C'est à lui que je dois mes premières lectures. *Les misérables*, *Germinal*, *La conspiration*, *La peste*. Je glissais mes pas dans ceux de Jean Valjean, de Lantier, du Dr Rieux. Ce n'était pas sans mal. Je peinais sur bien des pages. Mais je sentais que, petit à petit, je prenais l'assurance du lecteur. Que je comprenais mieux ce que je lisais. Et puis il y avait ces poèmes : *Liberté*, *Le veilleur du pont au change*, *Strophes pour se souvenir* qu'il déposait délicatement entre mes mains, tels des biens précieux. Je le remerciais du fond du cœur. Mais c'était un petit livre, *Compagnons* de Louis Guilloux, qui avait de loin ma préférence – « Celui-là, je te le donne », avait dit Jean. Il racontait l'histoire d'un simple maçon, tombé malade des suites de la Grande Guerre, que son ami de toujours accompagnait jusqu'à son dernier jour. « *Il semblait posséder l'amitié de tous ceux qu'il avait aimés, comme ils possédaient la sienne* [...]. » Je relisais cette phrase en pensant à Paul-Dominique. Des larmes me montaient aux yeux. Je me disais que dans mon monde, il n'y avait plus grand-place pour lui. Je me demandais si c'était juste... s'il méritait d'être devenu pour moi cette simple présence à laquelle je ne prêtais plus attention.

De son côté, Pierre se tenait sur ses gardes. Il pensait être de ceux surveillés par ces policiers qui pénétraient à l'improviste dans les bidonvilles, la matraque au poing. Plusieurs des camarades du Secours populaire avaient déjà été inculpés de « complicité de provocation à la désobéissance » pour avoir soutenu les soldats du refus – certains condamnés à de la prison avec sursis.

Depuis quelque temps se multipliaient les assassinats et attentats. Bombes lancées à nos faces pacifistes. Ceux perpétrés par l'OAS, jetant ce qui lui restait de haine, après l'échec à Alger, au printemps, du putsch des généraux. Poignée de clous sur la route de l'indépendance. Ceux commis par le FLN, sentant poindre le soleil de la victoire, renforçant sa violence. Coups portés à un adversaire proche du K-O.

Toutes ces exactions de fin de partie, je les craignais par-dessus tout. Elles me faisaient penser à celles d'armées en marche, intensifiant leur lutte, redoublant de destructions pour anéantir ce qui restait de poches de résistance. De bataillons en déroute, égarés dans leur repli, chiens enragés lâchés en meute, la bave aux lèvres, pillant et tuant au hasard de leur route. De soldats devenus fous, enfermés dans leurs bunkers, déchargeant leur train de balles perdues en attendant leur propre mort, frappant sans discernement le cœur des innocents.

J'apprenais aussi la discrétion. Je faisais plus attention à mes allées et venues. Je me rendais moins souvent au bidonville. Je fréquentais Farida les après-midi de soleil, sur les bancs du jardin de la ville ou au bord de la rivière de l'Eygoutier. Je gardais avec elle une retenue sur l'actualité de la guerre. Elle avait compris l'engagement pour l'indépendance de son pays, qui était désormais le mien – mon temps à la Bourse du travail qui dépassait de loin les seuls moments du cours d'alphabétisation. Elle ne m'en parlait pas, mais je sentais qu'elle m'en était reconnaissante.

Le soir, quand je rentrais à la maison, je ne commentais pas davantage le déroulement des événements devant Paul-Dominique. Ce n'était pas que j'avais quelque chose à redouter de sa part, mais c'était une manière de rendre à Pierre, à Jean et aux autres camarades du Mouvement de la paix la confiance qu'ils m'accordaient. Je pensais souvent à cette femme qui habita quelques mois au rez-de-chaussée de notre maison de Vert Coteau, pendant l'Occupation. Menue, d'allure frêle, le visage sans grâce – j'avais du mal à lui donner un âge. Je la croisais parfois au pied de l'escalier. Nous échangions un simple bonjour du bout des lèvres, un sourire à peine dessiné. Le reste du temps, elle se volatilisait – tout au moins, c'était l'impression qu'elle me laissait. Quand je passais devant sa porte, régnait à l'intérieur un tel silence que je ne savais jamais si elle s'y trouvait ou pas. Pourtant, elle devait s'absenter de temps en temps – j'en étais convaincue –, mais j'étais bien incapable de savoir à quel moment du jour ou de la nuit. Comme si elle avait le don de passer à travers les murs. Et puis un jour, je l'avais vue sortir pour de vrai, encadrée par deux policiers. Mon cœur avait tourneboulé dans ma poitrine. Un frisson au corps et la moiteur aux mains m'étaient venus. J'étais restée hypnotisée derrière ma fenêtre, sans réagir. Puis j'avais tiré le rideau, pensant naïvement que cela suffirait pour oublier ce que je venais de voir.

Du 17 octobre 1961, je me souviens d'une belle journée ensoleillée que le mistral, levé tard, avait rafraîchie en soirée

d'avoir entendu Piaf chanter « Mon Dieu », sur les ondes de France 1, avant de quitter la maison

des bricks à la pomme de terre et à l'oignon que Farida avait préparés, et que nous avions partagés à l'intérieur de sa baraque, sur cette nouvelle table en formica que Rachid avait chinée aux puces le dimanche précédent

des sauts de contentement de Layla quand je lui avais donné l'exemplaire illustré des *Contes des mille et une nuits* que j'avais trouvé chez le bouquiniste de la place Puget

que Basma était arrivée en catastrophe, et avait dit que Saïd, son mari, était tombé d'un échafaudage sur le chantier

que Farida m'avait confié Layla jusqu'au retour de Rachid, pour accompagner Basma à l'hôpital que Mohamed et Medhi étaient rentrés de l'école, et que je leur avais préparé un goûter fait de pain et de chocolat, comme je le faisais au village à François et Camille

que le soir était tombé au retour de Farida et de Basma, celle-ci en pleurs, Saïd paralysé sur son lit, sa colonne vertébrale brisée

que j'étais arrivée en retard à la réunion à la Bourse du travail

que nous avions écouté Jean exprimer son inquiétude sur la série d'assassinats perpétrés depuis le début de l'automne en région parisienne, touchant les seuls individus de type nord-africain, retrouvés dépourvus de tous papiers d'identité, victimes du même procédé macabre : mort par strangulation ou par balle à bout touché, repêchés dans la Seine ou le canal Saint-Denis, corps gonflés comme des baudruches, remontant à la surface de leur drame

de la mine préoccupée de Pierre à l'idée de cette manifestation qui devait avoir lieu ce soir-là à Paris, à l'appel du FLN contre le couvre-feu imposé aux Français musulmans d'Algérie

qu'en rentrant, j'avais retrouvé Paul-Dominique endormi sur son fauteuil, comme un vieux chien aux joues flasques, devant la télé

que j'avais veillé tard, et écrit pour la première fois : *je me souviens*, suivi du prénom de Nonciade, sur un cahier ouvert à une page vierge, un trait tiré sous toutes ces phrases que je recopiais jusqu'alors, élève appliquée à sa calligraphie, après chaque cours du jeudi.

Le lendemain soir, nous sommes réunis autour de Jean. Pierre se tient à ses côtés. Il y a là Paul et Robert des Jeunesses communistes, Firmin et Jacques de Jeune Résistance, Madeleine, nouvellement arrivée du bidonville de La Folie, avec qui j'ai noué sympathie, d'autres têtes qui s'agrègent au fur et à mesure, certaines que je connais de vue. Peu à peu, la salle de la Bourse du travail se remplit. Elle grouille d'indignation. Jean attend un moment le retour du silence. Puis il prend la parole. Annonce ce que nous avons tous compris : la manifestation pacifique de la nuit dernière à Paris a été durement réprimée. Il donne les premières informations émanant du réseau. Parle de coups portés, de blessures graves, sans doute de morts, de disparus, d'arrestations en masse, de dizaines d'autobus réquisitionnés, de milliers d'Algériens évacués vers des centres de rétention improvisés. Il cite le Palais des sports, le stade Pierre-de-Coubertin, le Parc des expositions. Dit que les bidonvilles de Nanterre et de Colombes ont été vidés de leurs hommes. Que la police de Paris et ses supplétifs algériens s'en sont donné à cœur joie, avec une liberté déconcertante. Dénonce la version officielle de l'État français, relayée par l'unique chaîne de télévision, la plupart des radios et des quotidiens – seuls *L'Humanité* et *Libération* ne se contenteront pas de la thèse d'une simple opération de maintien de l'ordre. Puis il nous montre ces photos sans équivoque qu'on lui a fait passer sous le manteau, et qu'il fait circuler entre nous. Clichés pris à la volée dans la nuit parisienne… Ces hommes habillés de dimanche comme s'ils revenaient d'une fête. Avançant mains sur la tête, regards hagards, figures dépenaillées, frappés d'incompréhension. Condamnés à un sort inconnu. Certains, visages tuméfiés, d'autres, dos arrondis à la manière des bossus. Parqués derrière des barrières métalliques. Poussés vers les bus de la RATP – Jean précise qu'ils ont été réquisitionnés sur ordre, ainsi que leurs chauffeurs. Embarqués sans ménagement. Tassés comme des sardines dans une boîte trop petite. Les forces de police autour d'eux, ciré noir, casque ou képi sombres, matraque ou bidule à la main, forment un cordon infranchissable. Haies de corbeaux prêts à les clouer du bec à tout moment.

Autour de moi, on répète « ratonnade ». Je pense à Messaoud. À Farida, aux habitants de notre bidonville… Je me demande ce qu'ils savent déjà de tout cela… De cette violence perpétrée contre ceux qui pourraient être leurs maris, leurs frères, leurs amis, leurs voisins – les mêmes faits et gestes répétés, prémédités, commandités, orchestrés, sans distinction. Se sont-ils réunis, comme ils le font parfois, le soir venu, devant la baraque de Warda ? L'inquiétude et la douleur ont-elles déjà pris possession de leurs êtres ? Piqûres glaciales.

Pendant quelques secondes, après l'intervention de Jean, domine la stupéfaction. Puis Pierre reprend la balle au bond : « Camarades, ne nous y trompons pas ! La police a agi sur ordre. » L'assemblée acquiesce dans un murmure. Lui accuse. Cite le préfet de police de Paris. J'entends pour la première fois le nom de Papon.

Pendant des mois, après la manifestation du 17 octobre, Farida a cherché à savoir ce qu'était devenu Messaoud. Avait-il été expulsé du territoire, comme tant d'autres ? Avait-il été blessé ? Était-il mort ? Et s'il était mort, dans quelles circonstances ? Remuant ce qu'elle pouvait de terre et de ciel, ses faibles moyens et les nôtres conjugués – nous, activant le réseau du Mouvement de la paix, elle, allant où trouver une piste, un indice. Écoutant autour d'elle comme on prête l'oreille à la moindre information. Cherchant à délier les langues, à mettre des mots sur des faits dont elle ne connaissait rien, et dont elle imaginait tout – surtout le pire. Avançant à l'aveugle, l'espoir chevillé au corps. Comme on entre dans l'obscurité en tâtonnant pour trouver la bonne direction. Jetant toutes ses forces dans une quête de vérité qui prenait peu à peu l'allure d'un chemin de croix.

Elle s'est rendue à Nanterre avec Zineb, préférant que je ne l'accompagne pas – elle ne voulait pas me mêler à tout ça, disait que notre histoire était seulement faite pour la légèreté et la joie. Elle a fouillé la mémoire des hommes qui étaient encore sur place – le grand bidonville alors déserté. Est allée à la rencontre de ceux qui avaient connu son frère. Ceux qui avaient travaillé avec lui sur le bord des routes. Ceux qui avaient manifesté ce soir-là, et en étaient revenus. Ceux qui l'auraient croisé, au hasard des voix élevées et des poings brandis – sur une avenue, un pont, ou dans un de ces bus qui avaient emporté les leurs vers les centres de rétention. Elle a interrogé les femmes, les fils, comme s'ils avaient détenu le secret inavoué des pères et des maris. Refait le parcours de la manifestation. Arpenté les rues, traversé les places, longé les berges – celles de la Seine, du canal Saint-Denis. Elle a écrit à la préfecture de police de Paris – « aux autorités », comme elle disait. Frappé à leur grille de ses poings serrés. Piétiné des heures devant leurs sentinelles muettes, sur le pavé glacial de l'hiver. En vain ! Boukrif Messaoud n'apparaissait nulle part. Ni identité. Ni témoin. Ni nouvelles le concernant. Rien à quoi se raccrocher. Rien pour entretenir l'espoir. Rien pour faire son deuil. Il n'était qu'un parmi les disparus – leur nombre inconnu. Avalé par la gueule de l'Histoire.

Les jours passant, j'ai vu mon amie se plier, face contre terre. Comme en dernier recours chercher les voies du ciel. Réclamer son salut et sa miséricorde. Je ne la reconnaissais pas. Ce n'était plus la Farida qui m'avait tendu la main, quelques années plus tôt. Son allant éteint, sa spontanéité évanouie, son sourire égaré. Elle avait maigri. S'enveloppait de noir ou de gris. Son visage terni, sa peau à vif, son corps souffrant, son cœur claquemuré. La sécheresse même.

Nous sortions encore certains après-midis en promenade. La rivière de l'Eygoutier déversait sous nos yeux son eau triste. Les marrons chauds vendus au cornet n'avaient plus le même goût, ni la cade, sa préférence. Nous continuions à partager des repas au bidonville, la tête bouclée de Layla virevoltant autour de nous. Un temps, les conversations sifflantes des amies éloignaient sa peine. Mais quand le silence retombait, le chagrin reprenait de plus belle. Il revenait. Vautour piquant du bec et charognant jusqu'à l'os. Rameutant les souvenirs entre ses serres.

Oh, je le connaissais bien celui-là ! Depuis tout ce temps que je vivais avec. Il ne se reposait jamais, l'œil toujours ouvert. Rappelait sa présence chaque fois que, malgré moi, j'ouvrais la boîte aux souvenirs... Un rien suffisait à la déverrouiller : le passage dans un lieu, l'émergence d'une odeur, la vision d'un objet ayant appartenu à Nonciade. Comme cette barrette en écaille qu'elle portait dans ses cheveux ou ce petit caillou ramassé un jour sur la plage du Lido, qu'elle prenait pour une agate.

Dans la tête de Farida aussi, les souvenirs devaient tourner à n'en plus finir... Là-bas, de l'autre côté de la Méditerranée, dans les ruelles où elle et Messaoud allaient, pieds nus, à l'ombre des toits bleus de Ghardaïa. Leur enfance noyée de soleil, de vent, de sable et de lumière. Leur vie simple, sans accroc ni douleur. Leurs gestes innocents. Courant dans les pâturages où leur père conduisait le bétail. Préparant la laine que leur mère tissait pour en faire des tapis. Plongeant leurs doigts dans la semoule souple de l'*Ouchou Tini*, le couscous aux dattes. Sans imaginer un ailleurs. Tenant ferme les fils de cette existence sans la rompre.

Quand elle avait épousé Rachid, elle pensait qu'il était fait de ce matériau brut et dur qui rendait leurs habitations millénaires. Son soubassement inébranlable, sa charpente solide. Que sa tête était pleine des bonheurs simples qui éloignaient la peur et la convoitise. Que rien ne serait jamais plus beau que de lever les yeux vers les étoiles, dans la nuit de Ghardaïa. Mais Rachid ne partageait pas son rêve. Pas plus que Messaoud qu'elle avait vu, grandissant, mettre sa main en visière au sommet des dunes, comme tant d'autres hommes du bled avant lui.

Quand ils étaient partis, elle n'avait pas cherché à les retenir. À quoi bon ! Elle n'aurait pas voulu qu'ils fassent ainsi pour elle. Qu'ils entravent sa liberté. Elle avait attendu des mois leur retour. Puis le cœur avait commandé, et elle les avait rejoints, les yeux grands ouverts tout au long du voyage, une main posée sur ce qu'elle avait de plus précieux : les têtes de Mohamed, Medhi et Layla. Sans rien connaître de ce pays dont on lui disait qu'il était aussi le sien. De cette guerre qu'il livrait contre les siens, pourtant prétendument français. C'était à n'y rien comprendre ! Comme buter contre un obstacle qui vous bloque la route sans vous barrer la vue. Rachid et les enfants rassemblés, ses amies Basma, Zineb, Warda et les autres autour d'elle, moi peut-être – accident heureux autant qu'elle l'était dans ma vie. Tout cela, avait-elle cru, aurait pu suffire ! Sa foi et son courage auraient fait le reste. Ici aussi ! Dans ce gourbi où elle et sa famille étaient venues échouer. Entre ces planches où le froid de l'hiver s'insinuait. Sous ce toit de tôles sur lequel la pluie faisait des claquettes. Si loin de Ghardaïa. De cette liberté qui la faisait marcher, sans crainte, digne et fière, comme elle avait toujours vu aller les siens. C'était sans compter sur ce que le monde prélève indûment à ceux qui partent par nécessité. Cette dette qu'ils ne cessent pas d'acquitter. D'où qu'ils viennent. Où qu'ils arrivent. Auprès de ceux qu'ils quittent. Envers ceux qui les reçoivent.

J'ai compris alors ce qui nous différenciait. Ici, où nous nous étions rencontrées – cette ville qui nous avait différemment accueillies. Par où nous étions passées – ce chemin apparemment semblable, qui en réalité ne l'était pas. Là où nous en étions rendues, à cette étape de nos vies – elle, n'étant plus elle-même, quand moi devenue une autre.

Le 19 mars 1962 à midi, avec les accords d'Évian, les balles arrêtèrent de siffler dans les casbahs et au-dessus des douars. Demeura la violence. Celle des gagnants et celle des perdants. Celle des frustrés et des jusqu'au-boutistes. Celle des représailles et des règlements de comptes. Celle du silence coupable. De la lame sourde des armes blanches et du mordant des lacets de strangulation. Des terres que l'on brûle aux êtres que l'on humilie. D'elle, Pierre m'avait dit qu'elle était la pire de toutes, l'âme grise des lâches.

L'écoutant, j'avais revu l'image de ces trois femmes, à la Libération, assises sur des chaises de paille, au carré du port – deux hommes en bras de chemise les tondant grossièrement. Leur expression de détresse devant la foule leur lançant quolibets et invectives. Puis le crâne mis à nu, leurs premiers pas forcés sur le quai. Comme un condamné traîné à la potence. La réaction qui avait été la mienne, nageant comme je le pouvais pour m'extraire des corps qui m'entouraient et m'oppressaient. Accélérant le pas pour rentrer chez nous, regard baissé pour n'en croiser aucun.

J'avais confié à Pierre cet épisode. Lui avais avoué ma honte de n'avoir fait ce jour-là que détourner les yeux.

– Qu'aurais-tu voulu faire ? m'avait-il demandé.

– Je ne sais pas ! Dénoncer, m'opposer. Montrer ma réprobation.

Il avait jeté sur moi un regard indulgent.

– Tu crois vraiment que tu en aurais été capable ?

Un silence était passé entre nous. J'avais attendu la suite comme une évidence.

– Rose, tu ne pouvais pas avoir une autre attitude que celle que tu as eue ce jour-là. Tu n'étais pas prête. Tu étais encore du côté des opprimés. Et tous les gens, autour de toi, devenus des oppresseurs à l'égard de ces pauvres femmes, appartenaient au même camp que toi. Vois-tu, les opprimés, tant qu'ils sont dans cet état, ils n'ont qu'une alternative : baisser la tête ou crier avec les loups. Pour que tu puisses t'opposer ce jour-là, il aurait fallu que tu aies commencé à sortir de cet état. Et crois-moi, pour cela, le courage ne suffit pas. Il faut bien davantage. Il faut penser et agir de telle façon que l'oppresseur n'existe plus. Que le couple opprimé/oppresseur disparaisse de ta propre logique.

Il avait posé sa main sur mon bras. Repris sur un ton plus calme :

– Dis-toi bien que si, ne serait-ce qu'une fois, une seule fois, tu te trouves en position d'oppresseur, alors que tu le veuilles ou non, tu continues d'être l'opprimé d'un autre.

Au sein du Mouvement de la paix, on s'était réjoui de cette double victoire du dépôt des armes et de la justice. Restait le passif. Son goût amer. Sa lourdeur dont Jean avait fait un rapide inventaire… Nos trois camarades morts, des dizaines d'autres blessés, après le dernier attentat à la voiture piégée dont avait été la cible notre bureau national à Issy-les-Moulineaux. Tous les soldats du refus emprisonnés durant des années, que le Parti n'avait soutenus que du bout des lèvres. Les condamnés du réseau Jeanson, encore enfermés, pour avoir apporté aide et protection à un peuple opprimé. Les signataires du manifeste des 121, bannis de leur vie professionnelle – qui de la scène artistique, de la radiodiffusion –, de la télévision française, ou encore de la fonction publique. Tant d'autres encore : communistes en rupture de ban, chrétiens de gauche, intellectuels, avocats, prêtres, universitaires, employés, ouvriers mis à l'index pour avoir apporté leur soutien à une cause qui leur semblait juste. Et puis ceux de Charonne, tombés sous les coups de la police de Paris, crevant comme des animaux encagés sous des grilles que l'on avait jetées sur eux.

Nous avions suivi leurs obsèques à la télé – les images partout relayées dans les bourses du travail.

Les corbillards roulant au pas dans le froid de février. Les portraits des victimes brandis en banderoles. La foule immense accompagnant le cortège jusqu'au Père-Lachaise. Les gerbes déposées par dizaines sur le bois des cercueils comme couronnes d'épines. Nos larmes de colère au coin des yeux, durcies.

Quelques mois plus tard, l'indépendance de l'Algérie fut proclamée. La date historique du 5 juillet fut retenue pour la célébrer. Les hommes et les femmes baissèrent la garde et se dépouillèrent de leur peur. Pour la première fois, je vis dans leurs regards l'espérance que la France n'avait pas su leur donner.

Au bidonville, on la fêta durant tout l'été. L'emblème national algérien flotta au-dessus des baraques. Chaque fin de journée, le soleil déclinant, les youyous annonçaient la magie des rassemblements improvisés, des emballements au cœur des nuits chaudes. Seule Farida restait en retrait. Comme devant un gué infranchissable. Elle préparait les repas avec nous, participait aux festivités, mais sa tête était ailleurs. Nous étions plusieurs à lui tendre la main. Elle ne la refusait pas. Mais ses doigts finissaient toujours par glisser des nôtres, sans que nous puissions enfermer sa tristesse.

Un soir, Pierre avait été invité à se joindre à la fête. On avait dansé et ri avec tous les habitants du bidonville autour d'un méchoui. Il y avait là, entre nous, cette fraternité à laquelle je n'ai jamais cessé de croire.

À un moment, j'avais dit que pareille communion avait bien dû exister de l'autre côté de la Méditerranée. Que l'entretenir aurait peut-être été un moyen de réduire tout ce malheur à peau de chagrin. Je me souviens que Pierre avait souri en m'entendant. Je crois que ma naïveté le touchait.

À l'extérieur du bidonville, on regardait cette liesse avec mépris. Le vieux Quaranta n'était pas en reste. Il répétait tout haut ce que d'autres pensaient tout bas : « Maintenant qu'ils ont eu ce qu'ils voulaient, qu'ils prennent leurs fatmas et leurs moutons et qu'ils retournent dans leur pays, puisque c'est le leur... » Paul-Dominique, lui, plus que jamais, s'en fichait. La fin de l'Algérie française, la joie de ces hommes et de ces femmes retrouvant une terre à eux, ce partage auquel ils m'associaient... tout cela le laissait de marbre. Vol d'hirondelles annonçant un printemps vers lequel il n'avait pas levé les yeux. Pour lui, ce n'était qu'une page d'histoire de plus qui se tournait, sur laquelle, encore moins que sur les précédentes, il n'avait jamais eu l'intention d'écrire quoi que ce soit.

Décembre était revenu. Sa lumière tombante. Ses jours maussades. L'automne 1962 avalé d'un trait. Farida et moi rentrions du jardin de la ville. C'était la première fois depuis l'été que nous y retournions. Le lieu était dépeuplé en cette période de l'année. Rendu aux solitaires. Je l'avais trouvé riquiqui – les pelouses défraîchies, les allées rétrécies, les bosquets rabougris. Comme désaccordé avec nos rendez-vous d'hier. Nous venions de passer une paire d'heures sur le bois rêche et froid d'un banc, devant un arbuste défeuillé et silencieux. À parler de Medhi dont son maître vantait les grandes facilités pour apprendre. De l'accident de travail du mari de Basma, rendu tétraplégique. De choses et d'autres. En évitant soigneusement d'évoquer Messaoud. Puis la chute brutale de la température nous avait chassées avant la tombée du jour. Pareilles à des hirondelles cherchant le mouvement et la chaleur.

Farida a attendu qu'on s'engage sur le sentier de l'Eygoutier. Elle devant, moi à sa suite. Elle a tourné la tête sur le côté.

– Rose, je voulais te dire…

– Oui Farida…

– Je retourne en Algérie avec les enfants.

J'ai tressailli.

– Tu m'as entendue, Rose ?

– Tu pars quand ?

– À la fin de la semaine. Je vais m'installer à Blida en attendant, chez ma belle-sœur. Rachid nous rejoindra dès qu'il peut.

Dire que je ne m'y attendais pas aurait été mentir – Jean nous avait informés que depuis le cessez-le-feu, des centaines de milliers d'Algériens avaient fait le voyage du retour. Mais l'entendre de la bouche de Farida, savoir sa réalisation imminente, était tout autre chose. J'avais repoussé cette éventualité chaque fois qu'elle m'était venue à l'esprit. Occultant inconsciemment la fin de la guerre, le drame qui lui avait arraché Messaoud de la plus obscure des façons, l'indépendance que l'Algérie, à présent sa patrie, venait de conquérir. Croyant que ma chute, sa main tendue, ces moments partagés pendant des années, nous mettaient à l'abri de toute séparation. Que ma rencontre avec Pierre, mon engagement dans le Mouvement de la paix n'étaient que concours de circonstances. Alors que mon existence en avait été profondément changée, quand sa vie à elle, dans cette maison de tôles et de cartons où on l'avait assignée à résidence, était restée en l'état.

Fallait-il être aveugle pour penser encore ainsi l'ordre des choses ? Pour faire fi de nos chemins peu à peu séparés, rendant impossible toute communauté de destin ? Pour croire encore que notre amitié pouvait, à elle seule, pétrifier tout ce que la vie réserve de mauvais – l'œil de la perdrix veillant sur nous ? Farida rentrait en Algérie. Ce n'était pas qu'un fait. Qu'une décision de sa part. C'était l'histoire qui se remettait en place. Dépassant les êtres et leurs existences. Emportant avec elle émotions, moments de grâce et rire des enfants. Quelle que soit la force des liens et des sentiments.

J'ai regardé la rivière. Elle était à sec, frigorifiée dans son cercueil de béton. Des croûtes de boue cloquaient çà et là. *Aucun amoureux ne viendrait se réfugier dans son lit en pareille saison*, ai-je pensé.

Combien de fois avions-nous pris ce raccourci, clôturant notre promenade l'allégresse au cœur dans l'attente de la prochaine ? Sa sente si étroite, par endroits, que nos pas frôlaient le rebord du talus, délestant un peu de terre, quelques mètres plus bas, dans l'eau saumâtre. Ses herbes folles s'enroulant, les jours de mistral, autour de nos jambes, tels des liserons. Ses sauterelles lilliputiennes bondissant sous nos pas. Son spectacle, au printemps – la carotte sauvage, le bugle, l'euphorbe colonisant les bords en fiers conquistadors. Mais c'était le coquelicot que Farida aimait par-dessus tout. Il poussait aussi entre les baraques et sur les talus du bidonville. Elle disait qu'il était le seul, avec moi, à ne pas leur avoir tourné le dos. Je lui avais appris les paroles de « Comme un p'tit coquelicot » que chantait Mouloudji, quelques années plus tôt, sur les ondes de Paris Inter. Nous les fredonnions ensemble dès que pointaient les corolles éclatantes.

Nous sommes ressorties, comme à chaque fois, au pied du pont qui enjambait l'Eygoutier. Je l'ai raccompagnée jusqu'à l'entrée du bidonville, moi pareille aux premiers jours quand la discrétion me retenait. Elle m'a prise dans ses bras. M'a serrée longuement contre sa poitrine. Des cris d'enfants arrivaient à nos oreilles.

– On dirait Medhi, a dit Farida.

– Il doit être encore en train de faire des bêtises, ai-je répondu.

Elle a souri. Puis je l'ai regardée entrer dans le camp, et disparaître après les premières baraques.

Le départ de Farida m'avait laissée à terre – sans entorse ni éraflure, sans main providentielle pour me relever. Des jours, des semaines, puis des mois. Vacance où, l'âme en peine, l'esprit embrumé, saturée du goût de ne rien faire, je vaquais aux choses du quotidien, dans une étrange sensation de dédoublement.

J'avais connu la brutalité de la perte – sa douleur ineffable. Je découvrais l'âpreté de la séparation – ces regards jetés par-dessus l'épaule en pure perte, ces paroles murmurées aussitôt avalées, ces mains tendues, cherchant vainement leurs sœurs, retombant sur le plat des hanches comme bois mort. Je la cherchais là. Je l'espérais ici. Je la voyais partout. Plus rien à entendre. Plus rien à dire. Plus rien à partager. Farida, elle, devenue invisible, intouchable, inatteignable. Continuant de respirer, parler, ressentir ailleurs dans le monde. Et moi, allant et venant ici, dans cette ville qui me la rappelait à chaque rue, chaque place, chaque avenue que nous avions empruntées des centaines de fois sans y prêter attention, et qui d'un seul coup, soumises au révélateur de l'absence, prenaient l'air de la nostalgie. Pour la combattre, je serrais de près mon quotidien : ces gestes, ces tâches que je me donnais d'accomplir. Cette fidélité à mes engagements auxquels je me vouais. Me débattant en vain avec l'image récurrente de mon amie. Inévitable visiteuse du soir une fois que mon agitation s'épuisait.

Quand l'angoisse me submergeait, je me rendais, tôt le matin, au bout du port, où la jetée ouvrait sur le large. Là, le cœur de l'hiver m'offrait une solitude propice. Plantée face à la mer, je scrutais l'horizon, comme si j'avais eu le pouvoir de le transpercer. Au bout d'un moment, mes mains se levaient malgré moi au-dessus de ma tête, dessinant des arabesques. Appels, messages à destination de l'absente ou simples manifestations d'une folie ordinaire ? Parfois, je repensais à Vieille fille. Ses bras qu'elle jetait constamment en l'air. Poupée désarticulée. Ses mimiques qui lui tordaient la bouche. Ses tics qui lui déformaient le visage.

Un temps, j'ai eu peur de devenir comme elle… Possédée par le silence.

J'en avais parlé avec Jean, moins radical que Pierre sur la question du retour au pays des Algériens. Je voulais comprendre pourquoi notre séparation était inéluctable. Pourquoi, le sachant, je ne l'avais jamais envisagée.

Il m'avait écoutée, comme il le faisait à chaque fois avec quiconque. Puis ramenée doucement à la réalité : « N'aie pas de regrets, Rose ! Il faut que tu admettes une chose : dans cette vie où tu l'as rencontrée, Farida, comme tous les siens, était deux fois absente. Physiquement de son pays, l'Algérie. Et symboliquement de la société française qui lui a toujours donné une place provisoire. Je sais que vous étiez très proches l'une de l'autre, vos vies un peu entremêlées, mais en réalité, elles étaient en bien des points différentes. Farida n'était ni ici ni là-bas. Elle n'était nulle part. Personne ne peut vivre éternellement ainsi ! Tu sais, je suis sûr que toutes ces années, tu as été très importante pour elle. Autant qu'elle l'a été pour toi. Ça a dû être difficile pour elle de prendre la décision de rentrer au pays. Comme d'en partir, lorsqu'elle est venue en France. Mais c'était inévitable. Ici pour elle, aujourd'hui, il n'y aurait eu que de l'indignité. »

J'ai continué à aider Pierre pour les cours d'alphabétisation. La population était plus diversifiée. Plus nomade. Arrivant et repartant sans cesse, du jour au lendemain, le voyage ferré à leurs souliers. Ils racontaient leur bohème sur les routes. Parlaient du regard méfiant des habitants à leur égard. De notre vie sédentaire qui ne leur mettrait jamais racine au pied, comme le chantait Ferrat. Je leur faisais écouter des disques de Django, que je gardais comme des reliques depuis sa mort. J'arrivais avec ma mallette tourne-disque – je l'avais achetée chez le marchand d'appareils ménagers, sur le grand boulevard. Je l'ouvrais devant eux. Malle au trésor. Certains venaient avec des guitares. Dès les premiers accords de « Minor Swing », je suivais leurs mains accompagner la pompe en frappant en cadence. Leurs voix criaient leurs peines. Réduisaient la mienne, insensiblement.

Au bidonville, je ne connaissais plus grand monde. Les hommes qui étaient restés partaient au compte-gouttes, au fil des mois. Rachid était de ceux-là. Je l'avais croisé une fois, avant son départ. Je l'avais reconnu de loin à la lourdeur de sa démarche. J'avais l'impression que pesait une charge sur ses épaules dont il ne parvenait pas à se défaire. Je lui avais demandé des nouvelles de Farida. Il m'avait répondu qu'elle et les enfants allaient bien, sans rien ajouter. Il rentrait du travail. Il avait le visage terreux, les mains crevassées. J'avais trouvé qu'il faisait déjà bien plus que ses quarante ans. Je n'avais pas insisté.

Paul-Dominique est mort l'hiver suivant, un dimanche soir. Peut-être n'avait-il pas voulu voir un énième lundi se lever ? Ce jour, signe d'espoir pour Farida, qui avait toujours été pour lui le pire de la semaine. Annonçant ces heures de labeur qu'il n'avait jamais comptées. Au village d'abord, au milieu des champs et des bêtes – sa jeunesse partie sans qu'il s'en aperçoive. À l'atelier ensuite, constamment penché sur sa machine, l'esprit en éveil pour capter les variations de l'usinage, à l'épreuve de la précision, ses forces peu à peu consumées dans la dépense d'énergie qu'elle réclamait. Cinquante années passées à ne jamais lever la tête, et à laisser le soleil aux autres. Il avait fini par reculer devant les dernières, comme face à un adversaire qui l'aurait dominé. Au point que plus rien ne trouvait grâce à ses yeux : ni tâche, ni ambiance de travail, ni camarades. Revenu de tout ce qui avait un temps ordonné sa vie : sens du travail et solidarité. Habité d'aigreurs. Absent devant sa soupe du soir.

Je l'ai retrouvé dans son fauteuil, la tête sur le côté, les yeux clos, le menton écrasé sur la poitrine, les mains jointes, vêtu de ce costume gris qu'il ne portait qu'aux occasions, chaussures de ville aux pieds. Comme déjà apprêté pour le travail des embaumeurs. Le cœur, fragile depuis quelque temps, avait lâché. « Infarctus silencieux », a dit le médecin, constatant le décès. Je me suis demandé où il était allé, habillé de la sorte, un dimanche – la « baraque » fermée, le terrain de boules déserté avec ce froid de canard. Quelques jours plus tard, à son enterrement, en arrivant devant notre caveau – concession à vie que nous avions acquise au cimetière central –, j'ai eu ma réponse. Au milieu des gerbes que des voisins et anciens collègues avaient fait porter, deux roses blanches, fraîchement ouvertes, coloraient la stèle. J'ai laissé couler deux larmes le long de mes joues – les seules de la journée. François a enroulé son bras autour de mon épaule, et m'a attirée contre lui. Camille, que je n'avais pas vu depuis plus de dix ans, s'est rapproché, et a mis sa main dans la mienne. Aucun des deux n'a remarqué les roses.

Finalement, Paul-Dominique n'avait profité de sa retraite que quelques années. J'en avais compté cinq. « Profiter », c'était son mot. Celui qu'il employait quand il parlait de ce moment à venir. Comme d'un horizon à atteindre – la santé pas trop dégradée. Un temps où il pourrait enfin se reposer. Relâcher les muscles et la tête.

Oublier les maux et les douleurs. Refouler les peines, le sort qui ne lui avait pas été favorable. Ce « pas de chance » de l'enfance, qu'il racontait à demi-mot. Forcé par son père à épouser la terre bien avant moi, à surveiller les bêtes, les soigner comme ses propres enfants. Lui voulait faire de la ferronnerie. La chaleur du brasier, le souffle de la forge, le bruit du marteau sur l'enclume, le métal à recuire, les sabots des chevaux à ferrer, les croix sur les tombes à façonner, tout ça lui faisait envie. Mais le père s'y était opposé.

Il avait attendu que le paternel casse sa pipe pour commencer à parler de départ vers le continent. Ce n'était qu'une idée. Elle devait d'abord faire son chemin dans sa tête. Il lui fallait le temps de la rumination. Peser le pour et le contre. Envisager les moyens, la manière d'y parvenir. En toutes choses, il n'était pas de ceux qui se précipitaient. Il se laissait envahir, dominer. Il fallait que ça tourne à l'obsession. Qu'il y pense jour et nuit. Jusqu'à l'étouffement. Alors il y revenait. Par petites touches. Au point de mettre des mots dans sa bouche dont il ne savait trop que faire. Comme cette fois où il avait dit : « Ce serait aussi l'occasion d'un nouveau départ pour nous deux... » J'avais levé les yeux de mon tricot. Je lui avais demandé à quoi il pensait. Il était resté un peu décontenancé. Avait bredouillé un « pour faire des choses ensemble ». « Quelles choses ? » avais-je rétorqué. « Ben, je sais pas. On verra... Et puis tu m'embêtes avec tes questions », avait-il conclu. Je m'étais remise à l'ouvrage.

Son « nouveau départ pour nous deux », je le connaissais par cœur. Lui à la place du conducteur, sans heurt, sans coup de sang – la violence chez les Guidicelli quand nous habitions encore Vert Coteau, ou encore celle du père Quaranta à l'encontre de Martha le dérangeait. Moi à celle qu'il me laissait – passagère à ses côtés. Ne compliquant rien. Épousant tout. Ménageant chacun de ses instants, comme une poterie fragile.

Comment lui en vouloir ? Quel rôle aurait-il pu imaginer pour moi ? Hormis celui qu'il m'avait toujours vu tenir : bonne mère et épouse silencieuse. Depuis le premier jour où il était venu me chercher, à l'orée de mes seize ans, chez ceux qui m'avaient adoptée – ma mère acceptant de mauvaise grâce mon départ, les tâches de la maison lui revenant alors en totalité, son mari, plus conciliant, se satisfaisant des quelques têtes de bétail données par la famille du marié. Paul-Dominique, lui, ne voyant rien de ce qui grandissait en moi – sinon cette fécondité, à laquelle j'avais mis le holà après la naissance de Nonciade. Ne sachant rien de ce qui m'affectait et me torturait. Moi scarabée, me protégeant du monde, tout en m'attelant à l'ouvrage comme je le pouvais. Jouant des aiguilles. Vidant la pelote au fil du temps. Tricotant le rôle qui m'allait le mieux. Comme sur une pièce de laine, on fait varier le point, laissant apparaître peu à peu un nouveau motif. Jusqu'à revêtir un nouvel habit. Et me parer de ces couleurs que je n'aurais jamais imaginé porter.

Toulon, le 18 octobre 1964.

Farida,

Je t'écris pour la première fois. Peut-être as-tu été surprise que je ne donne pas de mes nouvelles plus tôt ? Mais je crois que j'avais besoin de ce temps, presque deux années, pour accepter ton départ, la tristesse qu'il m'a causée. Je le comprenais, et en même temps, je le refusais. J'en connaissais les raisons. J'en avais discuté longuement avec Jean… Il aurait fallu que je manque totalement de lucidité pour ne pas les entendre. Mais je n'arrivais pas à m'y faire. Certains jours, je me détestais. Je me demandais quelle vie te rattrapait, de l'autre côté de la mer, au point de couper les ponts avec la précédente… Comme s'il y avait eu une autre manière de partir pour toi en pareille situation.

Je peux bien te l'avouer aujourd'hui ! J'étais là ce soir-là, noyée au milieu de tous ceux qui attendaient le départ devant l'embarcadère, anonyme dans la foule de celles qui crochetaient, avec leurs bras tentacules, leurs enfants pour ne pas les perdre ; mon manteau boutonné jusqu'au cou, un foulard sur la tête pour me protéger du froid et me rendre un peu plus invisible. C'est Medhi que j'ai aperçu le premier, sautillant comme Zébulon, Mohamed, à ses côtés. Puis Layla, sa petite tête ébouriffée, son regard constamment en éveil, furetant autour d'elle comme un animal à l'affût. S'il y en avait une qui aurait pu me démasquer, c'était bien elle !

J'étais là parce que j'avais prévu de partir avec toi, sans que tu le saches. J'avais acheté la veille un aller simple, jeté quelques affaires dans une petite valise, emporté la robe à fleurs rouges que nous avions choisie ensemble chez le fripier. Je voulais me fondre dans la foule, m'y dissimuler, et monter à bord, comme une passagère clandestine. Puis, une fois là-bas, faire la route vers Blida, et m'y installer. Et attendre le hasard d'une nouvelle rencontre avec toi. Peut-être aurait-il fallu que je la provoque ? Je voulais continuer de vivre notre amitié, cette fois dans ton pays, au milieu des tiens, de tes coutumes. Et pourquoi pas, un jour, me faire naturaliser algérienne ? Je ne sais pas si ce projet aurait été une folie. Je me demande comment tu aurais pris tout ça. Je ne sais pas davantage ce qui m'a arrêtée sur le quai. Quand tu as commencé à gravir la passerelle avec les enfants, je n'ai pas bougé. Les gens avançaient autour de moi, me bousculaient, et moi, immobile, je t'ai regardée t'éloigner, sans réagir, puis disparaître à l'intérieur du navire. J'étais tétanisée. Des larmes coulaient sur mes joues, que le mistral chassait aussitôt. J'ai espéré un moment que tu réapparaisses au bastingage, parmi les passagers venus saluer familles et amis restés sur le quai ; il y avait beaucoup d'hommes, Rachid parmi eux. Puis quand la cheminée du bateau a sifflé par trois fois le départ, je m'en suis retournée. Sur le chemin, je me suis sentie lâche. J'ai eu l'impression de revenir des années en arrière, quand je baissais les yeux plutôt que d'affronter la réalité, et n'avais pas le courage de changer le cours des choses.

Pendant des mois, j'ai vécu ainsi, avec des regrets. Il a fallu ce temps pour que je comprenne... J'aurais fait fausse route ce soir-là en te suivant. J'aurais mis ta vie en porte-à-faux. On ne décide pas pour l'autre ce que l'on croit bon pour deux. On ne bâtit pas sur ce qui se dit en jetant des cailloux dans une rivière. Je fais allusion à cet après-midi où, assises au bord du quai de l'Eygoutier, je t'avais dit tout de go : « Et si je venais habiter avec vous au bidonville... » Tu m'avais regardée, surprise, et répondu avec la douceur qui te caractérise : « Tu as vraiment envie de ça ? » Qu'aurais-tu dit en tombant nez à nez avec moi dans une rue de Blida ? Qu'aurais-tu fait, mise devant le fait accompli ? Tu es partie. Tu ne m'as

pas demandé de t'accompagner. Tu ne l'aurais jamais fait. Pour toi, il aurait été injuste de vouloir changer brutalement le cours de ma vie, m'éloigner de mes attaches, mes amitiés, mes combats. Et de cela, je te suis infiniment reconnaissante.
Je t'écris à présent, libérée. Je le ferai plus souvent. La vie ici ressemble parfois à un château triste que la guerre a laissé en ruines. Les combats à mener sont nombreux pour rétablir les communications entre les êtres. Je vais essayer d'y prendre ma part, en toute modestie.

Je t'embrasse,
Rose.

Dans la seconde moitié des années 1960, notre section du Mouvement de la paix s'essouffla. Les causes à défendre ne manquaient pas : Viêt Nam, Angola, Érythrée, Guatemala, Colombie, et tant d'autres dont la liste s'allongeait comme nos bras de protestation au-dessus de nos têtes – la guerre repoussant ici et là, ailleurs, partout, comme la queue coupée d'un lézard. Mais la longue campagne que certains camarades avaient menée contre celle d'Algérie semblait leur avoir pris toute vitalité.

Jean était de ceux-là. Je le vis peu à peu se retirer, comme d'une scène où il paraissait avoir trop joué. Où disparut-il ? Certains parlèrent de lieu de retraite, avançant qu'il avait trouvé un monastère pour l'accueillir, à la manière de l'abbé de Rancé, ce personnage de Chateaubriand dont il vantait souvent la droiture. D'autres disaient qu'il était parti se ressourcer sur la voie d'Arles, son chemin de Compostelle préféré, qu'il avait déjà foulée à de multiples reprises. Pierre, qui le connaissait le mieux, pensait qu'il était tout bonnement retourné dans sa Vanoise natale, et redevenu le forgeron qu'il avait été en tant que prêtre-ouvrier.

On ne retrouva sa trace que bien des années plus tard, peu avant son décès, quand il fit paraître une autobiographie, ne reniant rien de ses engagements passés.

Pierre, de son côté, avait gardé à l'esprit l'idée de rallier Paulo Freire et son programme d'éducation comme pratique de la liberté. Il ne tarda pas à mettre son projet à exécution. Au cœur de l'hiver 1966, il rejoignit Lisbonne par le rail, embarqua sur un bateau qui faisait la ligne de Buenos Aires, pour entrer ensuite au Chili, et prendre la route de Santiago où Paulo Freire avait été expulsé, après un coup d'État militaire au Brésil, et où il conduisait un nouveau programme d'alphabétisation. Lors de son départ, sur le quai de la gare, par la fenêtre du compartiment, le train s'ébranlant lentement, il agita étonnamment un mouchoir blanc dans ma direction. J'eus la conviction du signe d'un aller simple. La suite ne me démentit pas. Pendant des années, il me donna de ses nouvelles, de loin en loin, entre deux missions, deux pays d'Amérique latine où les révolutions le poussaient comme le vent, l'écartant par moments de son engagement auprès de Paulo Freire. Je reconnaissais ses enveloppes *Par avion* bordées de bleu et de rouge, les seules que je recevais, son écriture belle et fine que j'ai cherché un temps à imiter. Il n'avait pas d'adresse attitrée, vivant l'itinérance qu'il avait toujours souhaitée. Je lui répondais en poste restante, souvent avec plusieurs semaines de décalage. Mais à la différence de celles que j'envoyais à Farida, j'avais la conviction que mes lettres lui arriveraient un jour ou l'autre. Comme si j'avais lancé en l'air un de ces pigeons voyageurs que notre village avait un temps utilisés, et qui trouvaient toujours leur destinataire.

Rien ne ramena Pierre en France. Pas même les événements de mai 68 qu'il avait pourtant souvent appelés de ses vœux. Cet été-là, après la sortie de crise, quand les gaullistes défilèrent à leur tour sur le pavé parisien, reprenant les rênes du pays, il eut ces mots dans une de ses dernières lettres : « N'aie pas trop de regrets, Rose ! Ce n'était qu'une révolte petite-bourgeoise. Dans ce pays, la reproduction sociale n'est pas près de s'arrêter. Les oppresseurs n'ont pas fini d'opprimer. Et les opprimés, eux, de rester les mêmes… »

Quand notre correspondance s'acheva, je ne ressentis aucune frustration. Je me tins informée, du mieux que je pus, de ce qui se passait sur le continent sud-américain. J'imaginai Pierre heureux de participer à cette transformation pour l'avènement d'une société meilleure à laquelle il croyait de l'autre côté de l'Atlantique. Cela me suffit.

Je suis entrée à la Cimade à l'automne 1971, dans le sillage de Madeleine. J'allais vers mes soixante-neuf ans. Je m'étais un peu épuisée dans les luttes idéologiques et politiques qui avaient suivi la guerre d'Algérie. Mais je me sentais encore la force et la conviction d'une jeunesse lointaine. Alors, quand elle m'avait proposé de la rejoindre au Comité, j'avais ressenti cela comme une évidence. Celle d'être là où je devais être. À ma place.

Après le départ de Pierre, je m'étais rapprochée de Madeleine. Nous n'étions pas à proprement parler amies. Plutôt compagnes de route. Le Mouvement de la paix nous avait rassemblées et formées. Nous lui devions le même regard sur le monde, les mêmes causes à défendre. Nous l'avions quitté avec la volonté d'agir au plus près de celles et de ceux qui en avaient le plus besoin. Madeleine appelait ça « mettre les mains dans le cambouis ».

Nous appartenions à cette génération mutilée qui avait connu le rationnement, les privations, les destructions, les abris où attendre la fin des alertes. Nos routes, elles, différentes. Aussi éloignées l'une de l'autre que les rives d'un fleuve. La mienne réduite à une simple traversée, un port où échouer, une rencontre comme un halo de lumière. La sienne tourmentée, sinueuse, se perdant dans les entrelacs des événements du monde. Elle était née au pied d'un terril, au bord de la Moselle. Avait grandi à Saint-Ouen, dans un hôtel meublé. Regardé passer sous ses fenêtres les manifestants de 1936. S'était portée volontaire pour accueillir le retour des prisonniers de guerre en 1945 – brancardant les rescapés de Buchenwald, maçonnant pendant la reconstruction, donnant des cours d'alphabétisation, devenant écrivain public auprès des populations immigrées. N'ayant de cesse de militer pour le droit des humbles. C'était à donner le tournis ! À côté d'elle, j'avais l'impression de ne pas avoir terminé ma croissance.

Aux réunions du Mouvement de la paix, je la regardais déjà comme une grande sœur qu'elle n'était pas. Petite bonne femme au teint clair, ne payant pas de mine. Sa voix posée. Son calme en toute situation. Son regard qui ne lâchait pas le vôtre. Se tenant face à vous sans prétention. Vous écoutant comme on protège un bien précieux. Développant ses arguments sans brutaliser les vôtres.

Je me souviens encore de sa prise de parole quelques jours avant le 17 octobre. Les informations sur les disparitions inquiétantes remontaient du réseau, et ne présageaient rien de bon. Le débat n'était pas tranché entre nous. Certains prônaient la neutralité vis-à-vis du FLN, pensant qu'il entraînait la population du bidonville de La Folie vers le pire. D'autres, comme Pierre, prétendaient qu'il était temps que le Mouvement s'engage plus ouvertement, comme l'avait fait le réseau Jeanson. Tout à coup, la voix de Madeleine s'était élevée : « Mes amis, je vous le demande : quelle est la véritable question à se poser ? Celle des organisateurs de cette manifestation ? Ou bien celle du droit de ces hommes et de ces femmes à manifester pacifiquement pour refuser le couvre-feu qu'on leur impose ? Eh bien moi, mes amis, dans ce cas, je choisis la deuxième question. Et j'y réponds par la liberté d'expression. »

Chaque jour, à la permanence du Comité, on voyait arriver des hommes et des femmes cherchant refuge et demandant assistance – les mains nues, le regard perdu, le poids d'un exil forcé à porter sur leurs épaules. Ils étaient migrants, réfugiés, demandeurs d'asile. Ils venaient d'Afrique, du Proche-Orient, d'Asie, d'Amérique du Sud. « Ils pourraient venir de la lune, que ce serait pareil… », disait Madeleine. Je l'observais les écouter, les rassurer, les conseiller, leur rendre un peu de cette dignité qu'on leur avait retirée. Je prenais ma part. J'apprenais d'elle comme j'avais appris de Pierre et de Jean. On travaillait main dans la main. Portant assistance juridique à tous les démunis qui arrivaient sur le territoire – premiers boat people qui annonçaient tant de migrations à venir. Défendant leurs droits partout où on les bafouait. Témoignant sur les conditions de rétention. Contestant les reconduites à la frontière. Les administrations nous avaient sur leur dos, telles des sangsues. On les harcelait jusqu'à ce qu'elles plient et nous lâchent cette part d'humanité qu'on leur réclamait. Quand ce n'était pas l'une, c'était l'autre à laquelle ils avaient affaire. On finissait par nous confondre – nous d'allure semblable, corps soudés, faites du bois le plus dur, résistantes à tout, opiniâtres en diable.

Comme cette fois où nous étions retournées au bidonville. Nous savions que depuis la loi de résorption de l'habitat insalubre, le relogement de sa population avait été programmé par la commune. Nous voulions faire un état des lieux des familles qui y vivaient encore, et puis « mettre les pieds dans le plat », comme disait Madeleine. Nous avions appris qu'une délégation de la municipalité et de la Société d'économie mixte en charge du relogement devait s'y rendre ce jour-là. Madeleine n'avait aucune confiance en « ces cravatés », comme elle les appelait. « Il faut les tenir constamment au colbac, répétait-elle. Sinon, ils n'en font qu'à leur tête… Ce qui les préoccupe, c'est l'image de marque de la ville, pas le sort des gens. » On les avait repérés de loin – chemises blanches, pantalons en tergal, engoncés dans leurs vestes qui avaient du mal à faire le tour de l'embonpoint de certains. On s'était présentées, mandatées par la Cimade. On leur avait dit qu'on voulait tout savoir : le calendrier, les premières familles concernées, les lieux d'accueil, le type de logements, les surfaces, les conditions sanitaires… Ils nous avaient regardées, un peu ahuris. On aurait dit des élèves auxquels on réclamait une copie qu'ils n'avaient pas prévu de rendre. Qui étaient donc ces bouts de femmes, d'âge déjà avancé, tête droite, menton relevé, parole assurée, vous regardant droit dans les yeux sans défi, qui marchaient dans la boue d'un pas alerte, quand eux avaient toutes les peines du monde à s'en dépêtrer ? L'un d'entre eux, moins mal à l'aise que les autres, avait fini par s'avancer, et nous avait tendu sa carte. Son téléphone avait commencé à sonner dès le lendemain. On ne l'avait plus lâché.

Le matin du 7 juillet 1973, le soleil à peine levé derrière les persiennes de ma cuisine, j'ai entendu les premiers craquements secs du bois que l'on brise. J'ai compris aussitôt.

Quelques jours auparavant, on avait vidé le bidonville – les dernières familles parties rejoindre la cohorte de Portugais, Marocains, Espagnols, et Algériens qui étaient encore sur place. Parmi elles, celles de Chaïma et Zineb dont les maris avaient préféré continuer à terrasser le bord des routes ou à dresser des murs, leurs espérances encore vives, leurs enfants, pensaient-ils, promis en France à un avenir meilleur qu'au pays.

On les avait relogées à la hâte dans une cité de transit au nord-ouest de la ville. Un bloc de logements bâtis à l'identique, sorti de terre en à peine quelques semaines, par la volonté de la commune, vantant le transfert des populations concernées vers ces lieux d'habitation en apparence plus dignes.

Avec Madeleine, on s'était aussitôt rendues sur place. On avait passé le site au crible… La clôture du terrain aplani pour la circonstance, la mise à distance de toute habitation alentour, le préfabriqué des constructions, leur alignement militaire, la distribution de l'eau réglementée. On avait eu l'impression d'un camp retranché. Le gérant, un type débraillé et ventru, nous avait accueillies avec méfiance. Il était chargé de collecter les loyers, de s'occuper de la tenue des lieux, de distribuer le courrier. Il avait des manières de surveillant général, curieux de tout, lorgnant les allées et venues des résidents, comme à travers un judas. En sortant, on s'était regardées. On n'avait pas eu besoin de parler… La relégation de ces hommes et de ces femmes n'était pas près de s'arrêter. On leur vendait un confort de façade au détriment du peu de liberté qu'ils possédaient dans le bidonville – là où, pendant des années, on les avait abandonnés à leur sort. Sans biens ni ressources. Eux donnant leur force de travail à un pays qui les disait français sans jamais leur accorder le seul droit du sol qui vaille. Eux qui, au milieu des planches et des tôles tenant leurs maisons, étaient restés debout malgré tout. Eux qui avaient fini envers et contre tout par faire communauté. Eux qu'on avait montrés du doigt pour leur religion, leurs rites, leurs coutumes, leurs manières d'être, de se vêtir, d'être en peine ou en joie. Comme s'ils avaient eu une autre façon de se défendre et d'exister. Et voilà qu'on les casernait à présent. Pour mieux les contrôler, les assimiler. Pour qu'ils ne fassent plus tache dans le décor. Pour qu'ils ne contreviennent pas à l'idée de société nouvelle que se faisaient les pouvoirs publics.

La tâche de destruction du bidonville était menée à bien par un unique engin de chantier. Méthodiquement. Baraque après baraque. Sa pelle mécanique giflant tout ce qui tombait sous sa main de fer – les murs affalés comme pans de châteaux de cartes, le bois éclaté, les cales en parpaing réduites en poudre, la tôle pliée, le carton mâché, les tissus déchirés aux fenêtres explosées –, ses chenilles écrasant tout sur leur passage. Sans exception. Y compris ce qui avait été abandonné : objets courants, ustensiles de cuisine, jouets oubliés – j'ai reconnu la carriole en bois sur laquelle Mohamed dévalait la petite pente au bout du baraquement, que lui avait fabriquée Rachid. Terrassant tout ce qui restait de cette vie qu'on avait admise pendant plus de quinze années comme mode d'existence ordinaire. Comme si on pouvait dissoudre ainsi ce qui avait été. Refermer la porte sur un passé détruit, soufflé, dispersé au vent de l'Histoire. Ignorer que les pères finiraient par raconter, un jour, ce qui avait été, ici, le long de ces murs de planches où couraient les rats. Que les enfants se souviendraient de là où ils avaient mis leurs pieds, sali leurs mains, écorché leurs genoux. Et que leurs enfants après eux comprendraient où avaient vécu leurs familles.

Fallait-il être naïf pour croire que, comme leurs pères, ils continueraient de faire silence sur tout cela, lèvres muettes et yeux baissés ?

Le type dans son engin devait se demander ce que faisait là, tous les matins, chaque jour que dura son chantier, cette pauvre femme qui observait son ballet macabre. Prête à avaler la poussière que soulevait l'abattage systématique de chaque baraque. Noyée dans le bruit et les vibrations de la mécanique hurlante de sa machine. Fouillant parfois les décombres, comme si elle y cherchait quelque chose qu'elle aurait égaré. Mais pas une fois il n'a pipé mot. Poursuivant, sans se départir de sa raideur, son œuvre de destruction – sa cigarette collée au bec, son vêtement de poussière sur sa silhouette squelettique, son regard dissimulé derrière ses verres teintés, son temps de travail respecté à la lettre, ses pauses prises aux heures les plus chaudes. Ne stoppant sa machine qu'au bout d'un long va-et-vient, broyant ce qu'il avait mis à terre plus tôt.

Quand la dernière baraque est tombée, j'ai ressenti comme un pincement au cœur. Pensé : *Je n'aurais pas aimé que Farida voie ça...*

Toulon, le 12 octobre 1973.

Farida,
Je me rends compte que je ne t'ai pas écrit depuis de longs mois ; presque une année, si je me rappelle bien à quand remonte mon dernier courrier. Peut-être n'ai-je pas jugé utile de te tenir au courant de ce qui se passe ici, dans cette ville qui appartient désormais pour toi au passé. Mais je crois plutôt que ton silence à mes lettres en est la raison principale. Ton silence, si pesant les premières années, que j'ai fini par arraisonner pour tenter de le comprendre. Même si je trouve qu'il y a une grande prétention à vouloir toujours interpréter les choses. À toujours vouloir céder à la parole. Recouvrir par des mots ce qui n'est pas dit. Je ne suis pas sûre d'y être parvenue... Ce que je crois, c'est que ton silence n'est pas celui de l'indifférence. Au contraire ! Il

est multiple. Il est celui de la douleur inaltérable après la disparition de Messaoud, celui du corps absent que tu n'as pu ramener sur sa terre, celui de ton regard qui divaguait parfois, le soir dans le bidonville, ton dos appuyé contre cette baraque où on t'avait parquée avec les tiens, celui des prières que tu faisais chaque jour, celui de tes mains passant sur ton visage pour que l'œil de la perdrix te protège encore. Je sais que tout le temps que nous avons passé ensemble, tu as enregistré aussi mes silences. Tout ce que je n'ai pas voulu livrer, et qui en disait tant sur moi. Ce que je taisais de ma naissance, du piège qu'elle avait refermé sur moi, de mon passé avant que les mots me soient donnés à lire et à écrire, des circonstances de la perte de Nonciade… Je me souviens que je regardais toujours Layla en pensant à elle… Elle me la rappelait tant, enfant. Cette manière de capter l'attention, ce pouvoir de séduction, de vous rendre dépendante de son bon vouloir. Le même tron de l'air quand elle avait décidé de s'enfuir, lassée d'un seul coup de ce qui l'avait ravie quelques minutes plus tôt. Qu'est-ce qu'elle a dû pousser depuis tout ce temps ! Qu'est-ce qu'elle doit être belle ! Est-elle devenue celle que tu espérais, quand tu disais que sa génération était l'espoir de ce nouveau pays où je savais, bien que je ne voulais pas me l'avouer, que tu retournerais un jour ?

Oui ! Je crois que tous ces silences nous ont nourries, toi et moi, autant que les gestes, les paroles et les rires échangés. Tu as raison ! Il n'y a plus besoin de mots, sinon pour s'adresser à soi-même.

Je t'embrasse,
Rose.

J'ai commencé à perdre la vue au cours de l'hiver 1977, alors que le monde commençait à fermer les yeux sur celles et ceux qui fuyaient leur pays sur ces embarcations de fortune, après la réunification du Viêt Nam. Vagues humaines jetées à la mer, sous la conduite des réseaux clandestins d'immigration. J'avais l'impression qu'une identique tache sombre ne cessait de grossir au centre de nos visions respectives, annonçant nos futurs aveuglements. Le mien, subi, condamnant le reste de mon existence au tâtonnement. Celui du monde, forcené, occultant la détresse de ces hommes et de ces femmes qui en d'autres temps lui auraient servi de main-d'œuvre à bon compte.

Madeleine et moi nous étions rendues dans une nouvelle cité de transit que la ville avait installée à l'est, en limite d'agglomération – deux barres parallélépipédiques d'une centaine de logements chacune, avec la promesse pour leurs habitants d'être relogés un jour en HLM, selon « les normes de comportement attendues d'un locataire », dixit le représentant de la Société d'économie mixte en charge – animées d'une farouche détermination à faire appliquer le droit à un logement décent pour les familles immigrées regroupées sur le sol français.

En sortant, ma vue s'est troublée. J'ai mis ma main en visière pour me protéger de ce que je croyais être un éblouissement, alors que le soleil se trouvait dans mon dos. Et me suis appuyée contre un mur, de crainte de chuter. « Qu'est-ce qui t'arrive ? » m'a demandé Madeleine, croyant à un malaise. « Je ne vois plus », lui ai-je simplement répondu.

Une semaine plus tôt, j'avais eu une première alerte. Un matin, ouvrant mes persiennes pour faire entrer la lumière, un minuscule disque noir s'était mis à tourner devant ma rétine, tel un étrange microsillon. Je n'avais pas fait cas immédiatement du phénomène, l'attribuant à l'une de ces mauvaises nuits dont j'étais coutumière, mon sommeil égaré je ne sais où depuis de nombreuses années. Le lendemain étaient apparues de fines lignes ondulantes, semblables à de légères vaguelettes, noyant peu à peu ma vision sous un flot inconnu. Les détails et les couleurs me faisaient défaut. Les distances reculaient sous mes pieds, se jouant de moi. Les objets m'échappaient à l'instant de les saisir. J'avais fini par ne plus me déplacer qu'en jetant mes bras en avant, sondant le vide de mes mains, cherchant à assurer mes pas, comme si j'avais mené un combat contre l'apesanteur. Puis le phénomène s'était estompé sans disparaître. Ou c'était moi qui m'étais accoutumée à lui.

Madeleine m'a raccompagnée jusque devant ma porte, et conseillé de me faire examiner au plus tôt.

Le diagnostic est tombé deux jours plus tard, sans l'ombre d'un doute : dégénérescence maculaire humide. La plus fulgurante. Produisant de nouveaux vaisseaux sanguins autour de la macula. La soulevant et la déformant comme l'aurait fait une éruption de la croûte terrestre. On me promettait une dégradation rapide de ma vision et, dans le scénario le plus pessimiste, une cécité totale, d'ici quelques mois, une année tout au plus.

En quittant le cabinet de l'ophtalmologue, j'ai levé les yeux volontairement en direction du soleil. Un halo jaunâtre a instantanément entouré ma pupille, me plongeant dans une éclipse partielle. Les nuances, les tons semblaient égarés quelque part dans mon appareil optique. Autour de moi, les choses avaient cet aspect informe, qui me les mettait désormais à distance – les inscriptions sur les devantures, les indications au coin des rues dissoutes dans un brouillard. J'ai pensé aussitôt au journal que je lisais chaque matin... À tous ces mots imprimés sur ces pages, avec lesquels j'avais appris, compris, aimé, et m'étais révoltée. Tous ces mots qui m'avaient tant fait défaut pendant tant d'années. Ces mots que j'avais conquis de haute lutte. Les uns après les autres. Phrase après phrase. Livre après livre. Au coin de ma cuisine, dans la lumière tombante du jour. Dans cette chambre où je répétais, exercice après exercice, leur apprentissage. Et voilà que d'un seul coup, j'allais les perdre à nouveau – leur lecture redevenue impossible. Un instant, j'ai cru faire un bond en arrière de plus de soixante-dix ans. Ne manquait que le rebouteux... Mais cette fois, j'ai gardé mes larmes – « le vin des couillons », disait Pierre.

En arrivant chez moi, j'ai ouvert un des cahiers vierges que je gardais précieusement dans une des niches du lit cosy de Nonciade. Et commencé à écrire avec ce qui me restait de lumière, la musique des mots dans la tête.

Toulon, le 31 mars 1977.

Farida,
Je t'écris pour la dernière fois. Tu seras sans doute surprise de la façon dont cette lettre est rédigée : les mots de grosseur inégale, leur espacement irrégulier, la pente de mes phrases sur la feuille. Mais un vilain mal m'a frappée depuis mon dernier courrier. Il me prive peu à peu de la vue, et je rédige comme plongée dans l'obscurité. Oh, je ne me plains pas ! Il y a eu tant de lumière toutes ces années passées depuis notre rencontre qu'il serait malvenu que je me laisse aller aux lamentations. Mais la vie a décidé de me reprendre une partie de ce qu'elle m'avait donnée. Le pouvoir des mots ! Le pouvoir de les lire, les écrire, les porter jusqu'à toi. Bien sûr, je les ai encore intacts dans la tête. Ils resteront tant que ma mémoire ne me trahira pas. Ils sont comme des pinsons à l'abri

dans une cage, et je les sors chaque fois que j'en ai besoin. Mais les dire est bien moins que les lire, encore moins que les écrire. Te souviens-tu comme nous nous battions avec eux, pendant le cours que nous donnait Pierre ? Nous avons fini par triompher de leur résistance. Par les mettre au pas. Les prendre au creux de nos mains et les répandre à notre tour, comme des poussières d'or.

Vois-tu, je n'aurais pas cru que la vie finisse par desserrer ces liens avec lesquels elle me maintenait prisonnière depuis l'enfance. J'avais tant de crainte, j'avançais tellement à l'aveugle, qu'à côté, perdre aujourd'hui l'usage de mes yeux me semble presque une péripétie. Je sais en vérité que c'est la chance qui s'en est mêlée. Comment disais-tu déjà quand je prétendais que tout cela était arrivé grâce à notre rencontre ? Mektoub ! Peut-être... J'aurais tant aimé alors que certaines choses soient écrites d'une autre façon. Qu'on puisse les changer ou empêcher qu'elles arrivent. Que nos forces alliées finissent par inverser les plus douloureuses.

Je ne sais si le destin t'a apporté là-bas ce qu'il te refusait ici. Toutes ces années écoulées depuis ton départ, je n'ai cessé de t'imaginer heureuse, sur ta terre, avec les tiens. Parfois, je me dis que c'est toi qui as pris le bon chemin. Que peut-être j'aurais dû à un moment m'en retourner, et remettre les pieds sur l'île qui m'avait vue naître, dans ce village où j'avais

grandi et enfanté, devant ce pas de porte où ma mère m'avait abandonnée. J'ai parfois pensé à ce retour. Je me disais qu'il était temps de solder cette misère qui m'avait tant coûté en désespoir. Que depuis, je l'avais seulement ensevelie, recouverte sous tous ces bonheurs que j'avais connus après notre rencontre, tous ces regards que j'avais croisés, ces mains que j'avais prises dans les miennes, ces corps amis que j'avais serrés ; l'importance que j'avais à leurs yeux. Mais je ne l'ai pas fait. J'ai laissé l'histoire en suspens. Oh, ce n'est pas un regret ! Mais peut-être, finalement, ne suis-je pas devenue aussi libre que ce que je croyais.
À présent, je vais aller m'allonger dans le lit cosy. Il n'y a plus que là que je trouve le sommeil. J'en ai besoin chaque jour après l'effort d'écriture que je demande à mes yeux. Aujourd'hui, il t'était consacré. La lettre partira demain, François la postera. Je sais que dans ma tête, je ne cesserai de t'écrire jusqu'à la fin.

Je t'embrasse,
Rose.

Pendant quelques mois, je me suis accrochée à l'idée de poursuivre mon activité à la Cimade. Je ne voulais pas abandonner la place, ni tous ces réfugiés qui arrivaient en nombre au bout du long périple qui les laissait exsangues et déboussolés. C'était mon siège à moi. Celui que je me faisais fort de tenir. Coûte que coûte. Je le voulais pour Madeleine aussi. Madeleine, ma sœur de combat, qui continuait de m'entraîner avec elle. Je la suivais, mais plus difficilement. Je marchais dans ses pas. Je l'écoutais. Agissais à sa suite. Tout paraissait comme avant. Mais en réalité, il me manquait cette capacité de saisir dans leur totalité les situations. Je ne distinguais plus les visages. Ne voyais pas les gestes. J'interprétais tout… les paroles, les bruits, les silences. Cherchais les signes sonores auxquels me raccrocher. Le plus souvent, je passais à côté de la complexité des histoires. J'étais cet être égaré, en perte de repères. Comment alors en donner aux autres, eux-mêmes perdus, qui attendaient tant de moi ?

Madeleine s'en apercevait. N'en disait mot. Me répétait l'importance que j'avais auprès d'elle, le rôle que je pouvais encore avoir au sein du Comité. Le soir, je la quittais requinquée. Rechargée en énergie. De nouveau prête à pousser ce cri d'espoir à gorge déployée. À la manière de cette pendule que je possédais depuis des lustres à la maison – je l'avais achetée du temps de Nonciade, et installée au-dessus de son lit cosy, elle enfant, fascinée par ce chalet de bois décoré de personnages et d'animaux sortis tout droit d'un de ses livres d'historiettes, dont l'horlogerie expulsait à heures fixes un petit oiseau mécanique au plumage gris et au ventre blanc, imitant le chant du coucou. Mais, au bout de quelques jours, me revenait cette impression diffuse d'être à la remorque de ma camarade.

J'ai fini par ne plus la croire. Par trouver pesante sa mansuétude. Je ne voulais pas de cette pitié. Sans doute n'était-ce pas ce qu'elle voulait exprimer. Mais je ne parvenais pas à me défaire de cette idée. Elle mobilisait mon esprit. Je ne voulais pas de cette occupation – le chagrin, depuis longtemps, avait déjà pris assez de place.

Un matin, je lui ai demandé de m'emmener dans ce camp de gens du voyage, à la sortie de la ville, où elle vivait désormais. Nous sommes arrivées par un chemin cahoteux. Elle me tenait la main pour me guider. Dès l'entrée, j'ai senti une odeur de linge fraîchement étendu, celle d'un repas que l'on prépare. Elle m'a fait pénétrer dans sa roulotte. Conduite jusqu'à une banquette, devant une petite table où elle m'a servi un verre de limonade.

– Tu dois être heureuse ici, ai-je dit.

– Oui, je le suis.

Je tournais la tête dans tous les sens, par curiosité.

– Dis-moi ! Y a-t-il des rideaux à fleurs à tes fenêtres et des géraniums dans des pots sur le rebord ?

Elle s'est mise à rire.

– Oui. Comment as-tu deviné ?

Un instant plus tard, elle a repris :

– Tu sais, Rose, j'ai compris pour le Comité. Je ne vais plus insister...

Je n'ai pas répondu. Des cris d'enfants ont retenti, venant du dehors.

– Que font-ils ? ai-je demandé.

– Ils jouent à pousser un cerceau avec un bâton.

J'ai souri. Pensé à Layla...

– Tu sais ce que j'aimerais, Madeleine... C'est que tu viennes me chercher de temps en temps, quand tu en as le temps, et que tu me ramènes ici, passer un moment avec toi.

J'ai entendu le bruit d'un objet entrant violemment en contact avec le sol, et roulant sur le carrelage avant de s'immobiliser.

– C'est rien, a dit François, depuis la cuisine.

J'ai pensé à une boîte de conserve qui avait dû lui échapper des mains, en rangeant les courses qu'il m'avait apportées… au petit garçon malhabile qu'il avait été.

Au bout d'un moment, il est arrivé au seuil de ma chambre.

– Je reviens vendredi, a-t-il dit. Tu n'as besoin de rien d'autre ?

– De rien, ai-je répondu.

Depuis qu'il a eu connaissance de ma maladie, François me rend visite deux fois par semaine, les mardis et vendredis, son rituel sonore réglé comme du papier à musique. Sur le coup des huit heures, je l'entends toquer à ma porte, l'ouvrir sans attendre, lancer un généreux

« C'est moi ! », suivi d'un sempiternel « Comment ça va ? », ranger les courses qu'il m'a apportées, me demander de quoi j'aurai besoin pour la fois prochaine, s'agiter dans la maison comme s'il en inspectait à chaque fois l'état, puis repartir avec le sentiment du devoir accompli. Protocole compassionnel qu'il s'est fixé, en tant que « bon fils ». Attaché à l'idée que l'on ne rend, au nom du sang, qu'à ceux qui vous ont donné la vie.

J'imagine que j'aurais dû lui apprendre ce que j'avais compris peu à peu. Mais je n'ai pas eu pour lui la force que j'ai trouvée pour d'autres. J'étais si jeune quand il a grossi dans mon ventre. J'ai accepté la souffrance de le mettre au monde. Je me suis appliquée chaque jour à le nourrir de mon lait. À me pencher sur son berceau avant qu'il ne s'endorme. Je pensais que c'était ce que je pouvais faire de mieux pour lui. J'ai reproduit la même chose pour Camille. Et j'aurais fait de même pour Bernard s'il avait vécu. J'avais déjà tant à m'occuper… Quand je remontais du lavoir, ma bassine sous un bras, Camille dans l'autre, François pendu à mes jambes, je peinais, maudissant leurs existences autant que la mienne. En arrivant, je posais la bassine de linge sur la grande table, et je les chassais aussitôt de la pièce, avec violence. Ce n'était pas de forces dont je me sentais vidée alors, mais d'amour.

Quand je suis sortie de ma nuit. Que j'ai ouvert les yeux sur le monde. Eux étaient déjà des hommes. Camille parti depuis longtemps. Et François avait déjà près de quarante ans – il nous arrivait qu'on nous prenne pour frère et sœur. J'ai pensé qu'il était trop tard. Sans doute me suis-je trompée.

Le jour a filé à présent. Je sens sa lumière s'éteindre derrière mes pupilles malades. Je suis allongée sur le lit cosy. Je retrousse la manche droite de ma veste de laine. Pose mon index sur une zone à peine plus grande qu'une pièce de monnaie sur mon avant-bras, juste en dessous de l'articulation du coude, dont je sais l'emplacement les yeux fermés. Là, sur ce carré de peau, Farida m'a tatoué, un jour, à ma demande, l'œil de la perdrix. Oh, il n'y eut rien de prémédité de ma part ! Nous étions assises devant sa baraque. Elle, le visage penché au-dessus d'une bassine, en train de laver les légumes pour le repas du soir. Moi fixant depuis quelques instants le petit losange aux angles renflés sur son front, qui étincelait dans la lumière du couchant. Et c'est venu soudainement. Comme vous prend une envie.

– Farida, j'ai une faveur à te demander.

Elle a relevé la tête.

– Tu accepterais de me tatouer l'œil de la perdrix sur le bras ?

Je sentais mon visage écarlate, comme celui d'une enfant bravant un interdit. Elle m'a regardée, tout sourire – elle aimait ces moments de fragilité chez moi.

– Je te le fais la semaine prochaine, pendant que les enfants sont à l'école...

Personne n'en a jamais rien su. Je l'ai caché à la vue de tous. Comme on le fait d'un atout que l'on veut garder pour soi – égoïstement. Le soir, souvent, je l'examinais, en secret, sous la lampe de notre cuisine. Il me semblait porter un message de force et de sérénité. De lui, Farida m'avait dit aussi qu'il chassait les ombres… Elles qui me terrorisaient tant quand, gamine, je les voyais grandir le long du mur, avec les flammes du feu de la cheminée, moi blottie sur une chaise, craignant qu'elles me poursuivent si je faisais le moindre mouvement. Elles qui pendant longtemps m'ont maintenue dans l'ignorance, me soustrayant au monde en me privant des mots pour le raconter. Elles qui m'ont pris Nonciade à l'orée de sa vie, me laissant, pendant des années, nature morte, veillant la nuit comme le jour sans parvenir à fermer l'œil. Elles, contre toute attente, que ma rencontre avec Farida a éclaboussées de lumière.

J'étends le bras, éteins la veilleuse juste au-dessus de ma tête. Je sais que les ombres sont toujours là. Derrière mes yeux malades, je les perçois. Elles ne disparaîtront jamais. Elles font partie de ma vie, autant que les instants d'illumination. Seul le noir total qui encrera, un jour, mon existence les engloutira. Mais je n'ai plus peur. Je les ai acceptées.

Août 1944. Ce matin-là, je cours. Je tiens le pan de ma robe que le vent soulève. J'ai dénoué le foulard qui me serrait au cou afin de mieux respirer. À chaque choc avec le bitume, le bout de mes mocassins cogne contre mes orteils. Je cours aussi vite et longtemps que je le peux. Et quand le souffle me manque, je me remets à marcher, du pas le plus rapide. J'attends que mon cœur redescende, qu'il batte un ton en dessous, m'offre un peu de répit dans cette chamade qui l'emballe. Puis je reprends ma course.

Quand l'alerte a retenti, je me suis précipitée dans l'abri le plus proche, au pied des fortifications, là où l'ancien bagne ferrait ses forçats tels des animaux récalcitrants. J'ai attendu que passent le bruit du survol des forteresses volantes, le sifflement des bombes lâchées à l'aveugle, le déchirement des détonations à l'instant où elles frappaient, et que s'écoulent les trente secondes en continu sonnant la fin de l'alerte.

Je remonte la route aux herbes folles – celles qui dansent les jours de grand vent dans ce champ abandonné que je longe pour rentrer chez nous. Traverse la voie ferrée qui coupe le nord de la ville. Sur mon passage, je vois des rails arrachés de terre, des maisons crevassées, leurs corps crayeux plantés de ferrailles, des poteaux télégraphiques pliés à l'équerre, des tôles qui ont valdingué. Au fur et à mesure que j'avance, je distingue la fenêtre éclatée de notre cuisine, les impacts sur le mur. Je pense aux tirs de DCA dont m'a parlé Paul-Dominique, que répètent depuis plusieurs jours les Allemands acculés dans les bunkers au-dessus de la colline de Vert Coteau. Je me précipite dans le couloir étroit et sombre de notre maison. Une odeur âcre me prend à la gorge. Grimpe l'escalier dans la confusion et la terreur. Découvre notre porte dégondée sur le sol. Paul-Dominique, arrivé le premier, surgit sur le palier. Il me fait barrage de son corps et de ses bras. J'entends sa voix qui se répercute dans l'escalier : « Rose-Marie, attends ! Attends ! » Je force le passage, de tout mon poids contre son torse. Un instant, il résiste, avant de céder. J'entre comme au centre d'un cauchemar. Nonciade est là, allongée sur le carrelage, le ventre ouvert, les chairs retournées, la peau brûlée, les viscères à l'air, baignée dans son sang. Monte alors du fond de mes entrailles ce cri animal que je n'ai jamais poussé, et ne pousserai jamais plus. Je tombe à genoux près d'elle. La prends dans mes bras. Fouille son visage avec mes larmes. Mes yeux mouillent ses yeux, mes lèvres pressent les siennes. Son corps a encore la chaleur de la vie qu'elle vient de perdre.

Elle a vingt ans.

Cimade : Comité intermouvements auprès des évacués

DCA : Défense contre avions

FLN : Front de libération nationale

FMA : Français musulman d'Algérie

FPA : Force de police auxiliaire

MNA : Mouvement national algérien

OAS : Organisation de l'armée secrète

TSF : Transmission sans fil

REMERCIEMENTS

À Marie-Pierre Gracedieu, mon éditrice, pour sa confiance, et ce regard éclairé qu'elle a posé d'emblée sur ce texte.

À Jeanne Barzilaï, pour ce travail patient qu'elle m'a proposé sur ce texte, sans lequel il n'aurait pas été tout à fait le même.

CATALOGUE

Sylvia Aguilar Zéleny
Poubelle
Traduit de l'espagnol (Mexique) par Julia Chardavoine

Mohammed Alnaas
Du pain sur la table de l'oncle Milad
Traduit de l'arabe (Libye) par Sarah Rolfo

Anuk Arudpragasam
Un passage vers le Nord
Traduit de l'anglais (Sri Lanka) par Dominique Vitalyos

Christian Astolfi
De notre monde emporté

Rémi Baille
Les enfants de la crique

Hanna Bervoets
Les choses que nous avons vues
Traduit du néerlandais par Noëlle Michel
L'expérience Helena
Traduit du néerlandais par Anne-Laure Vignaux

Xavier Bouvet
Le bateau blanc

Mattia Corrente
La fugue d'Anna
Traduit de l'italien par Jacques Van Schoor

Ia Genberg
Les détails
Traduit du suédois par Anna Postel

Paolo Giordano
Tasmania
Traduit de l'italien par Nathalie Bauer

Jan Grue
Ma vie ressemble à la vôtre
Traduit du norvégien par Marina Heide

Anna Hope
Le Rocher blanc
Traduit de l'anglais par Élodie Leplat

Alice Kaplan
Maison Atlas
Traduit de l'anglais (États-Unis) par Patrick Hersant
Baya ou le grand vernissage
Traduit de l'anglais (États-Unis) par Patrick Hersant

Marion Lejeune
L'escale

Semezdin Mehmedinović
Le matin où j'aurais dû mourir
Traduit du bosnien par Chloé Billon
Sarajevo Blues
Traduit du bosnien par Chloé Billon

Noëlle Michel
Demain les ombres

Touhfat Mouhtare
Le Feu du Milieu

Sara Mychkine
De minuit à minuit

Maude Nepveu-Villeneuve
Après Céleste
La remontée

Aslak Nore
Le Cimetière de la mer
Traduit du norvégien par Loup-Maëlle Besançon
Les héritiers de l'Arctique
Traduit du norvégien par Loup-Maëlle Besançon

Boris Pétric
Château Pékin

Stine Pilgaard
Le pays des phrases courtes
Traduit du danois par Catherine Renaud
Les monologues d'un hippocampe
Traduit du danois par Catherine Renaud

Anne Sénès
Chambre double

Navid Sinaki
Les larmes rouges sur la façade
Traduit de l'américain par Sarah Gurcel

Michèle Standjofski
Mona Corona

Juan Tallón
Chef-d'œuvre
Traduit de l'espagnol par Anne Plantagenet

Akos Verboczy
La maison de mon père

Lisa Weeda
Le palais des Cosaques perdus
Traduit du néerlandais par Emmanuelle Tardif

Pour en savoir plus sur nos publications
et suivre notre actualité,
vous pouvez consulter notre site Internet
www.lebruitdumonde.com

Ouvrage réalisé par Nord Compo à Villeneuve-d'Ascq

Achevé d'imprimer par
Normandie Roto Impression s.a.s.
N° d'édition : M01014/01
N° d'impression : 2401950

Imprimé en France